Mentiras y pasión

Maureen Child

Editado por Harlequin Ibérica.
Una división de HarperCollins Ibérica, S.A.
Núñez de Balboa, 56
28001 Madrid

Mentiras y pasión, n.º 2111 - 5.4.18
Título original: Fiancé in Name Only
Publicada originalmente por Harlequin Enterprises, Ltd.

I.S.B.N.: 978-84-9170-899-5
Depósito legal: M-3625-2018
Impresión en CPI (Barcelona)
Fecha impresion para Argentina: 2.10.18
Distribuidor exclusivo para España: LOGISTA
Distribuidor para México: Distibuidora Intermex, S.A. de C.V.
Distribuidores para Argentina: Interior, DGP, S.A. Alvarado 2118.
Cap. Fed./Buenos Aires y Gran Buenos Aires, VACCARO HNOS.

Capítulo Uno

–Lo siento –se disculpó Micah Hunter–. Me gustabas mucho, pero has tenido que morir.

Se inclinó hacia atrás en su sillón y revisó las últimas líneas del guion que había terminado de escribir. Suspiró, satisfecho con la muerte de uno de sus personajes más memorables, y cerró el ordenador.

Había estado cuatro horas trabajando y necesitaba un descanso.

–El problema es… –murmuró mientras se ponía de pie y se acercaba a la ventana– que no hay adonde ir.

Sacó el teléfono, buscó un número, lo marcó y esperó.

–¿Cómo pude permitir que me convencieses para que viniese a pasar seis meses aquí?

Sam Hellman se echó a reír.

–A mí también me alegra hablar contigo.

–Ya.

Cómo no, a su mejor amigo le resultaba divertido, pero a Micah no le hacía ninguna gracia estar en aquel pueblo perdido. Se pasó la mano por el pelo y miró por la ventana. La casa que había alquilado era una mansión de estilo victoriano, flanqueada por unos árboles que debían de ser muy viejos y cuyas hojas estaban de color dorado y rojo en esos momentos. El cielo era muy azul y el sol del otoño brillaba desde detrás de varias nubes. Era un lugar muy tranquilo. Tan tranquilo que casi daba miedo.

Y él, que escribía novelas de suspense y de terror que solían llegar al número uno de las listas del *New York Times,* sabía bien lo que era eso.

–Hablo en serio, Sam, voy a tener que quedarme aquí otros cuatro meses porque tú me convenciste de que firmase seis meses de alquiler.

Sam se echó a reír.

–Estás ahí porque no sabes rechazar un reto.

Aquello era cierto. No había nadie que lo conociese mejor que Sam. Se habían conocido hacía muchos años, en un buque de la armada estadounidense. Sam había llegado allí huyendo de las expectativas de su adinerada familia y Micah, de un pasado lleno de casas de acogida, mentiras y promesas rotas. Enseguida habían conectado y nunca habían perdido el contacto.

Sam había vuelto a Nueva York y a la agencia literaria fundada por su abuelo y, después de un tiempo fuera, había descubierto que quería formar parte del negocio familiar. Micah había aceptado todos los trabajos que había encontrado en la construcción y había dedicado su tiempo libre a escribir.

Ya de niño, Micah había sabido que quería ser escritor. Y cuando por fin había empezado a escribir, no había podido dejar de hacerlo. Cuando había terminado el primer libro se había sentido como un corredor que hubiese ganado una carrera: agotado, satisfecho y triunfante.

Había enviado a Sam aquella primera novela y este le había hecho miles de sugerencias para que la mejorase. A pesar de que a nadie le gustaba que le corrigiesen, Micah había estado tan decidido a alcanzar su objetivo que había hecho la mayor parte de los cambios. Y el libro se había vendido casi inmediatamente por una cantidad bastante modesta, pero que a él le había sabido a gloria.

Con su segundo libro, el boca a boca lo había colocado en las listas de *bestsellers,* y cuando había querido darse cuenta todos sus sueños se habían hecho realidad. Desde entonces, Sam y Micah habían trabajado juntos y habían formado muy buen equipo, pero como eran buenos amigos, Sam había sabido cómo hacerle caer en la trampa.

–Es tu venganza porque el invierno pasado te gané aquella carrera en la nieve, ¿verdad?

–¿Cómo iba a hacer algo tan mezquino? –preguntó Sam riendo.

–Eres capaz de cualquier cosa.

–Bueno, tal vez, pero tú aceptaste el reto de vivir en un pueblo durante seis meses.

–Cierto.

Mientras firmaba el contrato de seis meses de alquiler con su casera, Kelly Flynn, había pensado que no podía estar tan mal, pero en esos momentos, dos meses después, había cambiado de opinión.

–Puedes dedicarte a documentarte –añadió Sam–. El libro en el que estás trabajando está ambientado en un pueblo, te vendrá bien saber cómo es la vida en uno de verdad.

–¿Has oído hablar de Google? –respondió Micah riendo–. ¿Y qué voy a hacer cuando ambiente el siguiente libro en la Atlántida?

–Esa no es la cuestión. La cuestión es que a Jenny y a mí nos encantó esa casa cuando estuvimos hace un par de años. Y si bien es cierto que Banner es un pueblo muy pequeño, tienen buena pizza.

Aquello era cierto.

–Ya verás como dentro de un mes has cambiado de opinión –insistió Sam–. Terminarás por disfrutar de las montañas.

Micah no estaba tan seguro de eso, pero tenía que admitir que la casa era estupenda. Miró a su alrededor, estaba en una habitación del segundo piso que se había convertido en su despacho. Los techos eran altos, las habitaciones grandes y las vistas, preciosas. La casa tenía mucho carácter, pero él se sentía como un fantasma vagando por un lugar tan grande.

En la ciudad, en cualquier ciudad, había luces, gente, ruido. Allí las noches eran más oscuras que en ningún otro lugar, incluso que en el barco. Banner, en Utah, se encontraba en la lista de lugares con el cielo más oscuro porque se encontraba situado detrás de una montaña que bloqueaba cualquier haz de luz procedente de Salt Lake City.

Por las noches se veía perfectamente la Vía Láctea y una explosión de estrellas que resultaba preciosa y que hacía que cualquiera se sintiese pequeño. Micah tenía que reconocer que nunca había visto nada tan bonito.

–¿Cómo va el libro? –preguntó Sam de repente.

El cambio de tema de conversación sorprendió a Micah.

–Bien. Acabo de matar al tipo de la panadería.

–Qué pena –comentó Sam–. ¿Cómo ha sido?

–Horrible –respondió Micah–. El asesino lo ha ahogado en el aceite hirviendo de la freidora de donuts.

–Qué horror –dijo Sam–. No sé si podré volver a comerme un donut.

–Seguro que sí.

–El editor se va a morir del asco, pero seguro que a tus seguidores les gusta –le aseguró Sam–. Hablando de seguidores, ¿ya ha ido alguno por allí?

–Todavía no, pero es solo cuestión de tiempo.

Micah frunció el ceño y estudió la calle, casi esperando que apareciese alguien con una cámara de fotos.

Uno de los motivos por los que Micah nunca se quedaba demasiado tiempo en un mismo lugar era que sus admiradores más devotos siempre conseguían averiguar dónde estaba. La mayoría eran inofensivos, pero Micah sabía que la línea que separaba a un seguidor de un fanático era muy delgada.

Varios habían llegado a colarse en su habitación de hotel, se habían sentado a su mesa a la hora de cenar y se habían comportado como si fuesen sus amigos, o sus amantes. Gracias a la prensa, siempre se enteraban de dónde estaba. Así que cambiaba de hotel después de cada libro y le gustaban las ciudades grandes, en las que podía perderse entre la multitud y alojarse en hoteles de cinco estrellas que le prometían velar por su intimidad.

Hasta entonces.

–Nadie va a buscarte en un pequeño pueblo de montaña –le dijo Sam.

–Eso mismo pensé yo cuando estuve en aquel pequeño hotel de Suiza –le recordó él–. Hasta que apareció aquel tipo que quería pegarme porque decía que su novia se había enamorado de mí.

Sam volvió a echarse a reír y Micah sacudió la cabeza.

–Pero en Banner, y alojado en una casa en vez de en un hotel, nadie te encontrará.

–Eso espero, pero este lugar es demasiado tranquilo.

–¿Quieres que te envíe el informe del tráfico en Manhattan? Es terrible.

–Muy gracioso. No sé cómo no te he despedido todavía.

–Porque consigo que ambos ganemos mucho dinero, amigo.

En eso Sam tenía razón.

–Ya sabía yo que había un motivo.

–Y porque soy encantador, divertido y la única persona que aguanta tu mal humor.

Micah se echó a reír. Sam le había ofrecido su amistad desde el principio, cosa a la que Micah no estaba acostumbrado. Había crecido en casas de acogida y nunca se había quedado en ninguna el tiempo suficiente para hacer amigos.

Así que agradecía la presencia de Sam en su vida.

–Eso es estupendo, gracias.

–De nada. ¿Qué opinas de la dueña de la casa?

Micah frunció el ceño y tuvo que reconocer que no había podido dejar de pensar en ella, por mucho que lo hubiese intentado.

Llevaba dos meses intentando guardar las distancias. No necesitaba una aventura. Le quedaban cuatro meses allí y empezar algo con Kelly habría sido… complicado.

Si tenían solo una aventura de una noche, Kelly se enfadaría y él tendría que aguantarla cuatro meses más. Y, si lo suyo duraba más, le quitaría tiempo de escribir y empezaría a hacerse ilusiones acerca del futuro. Micah solo quería terminar el libro lo antes posible y marcharse de allí para volver a la civilización.

–¿Guardas silencio? –preguntó Sam–. Eso es muy revelador.

–De eso nada –respondió Micah–. Es que no tengo nada que contar.

–¿Estás enfermo?

–¿Qué?

–Venga ya. Si yo que estoy casado me fijé en ella. Aunque si se lo cuentas a Jenny, lo negaré.

Micah sacudió la cabeza y miró hacia donde estaba Kelly trabajando en el jardín. Nunca estaba quieta, siempre tenía algo que hacer. En esos momentos, recoger las hojas que se habían caído de los árboles.

Llevaba la melena pelirroja recogida en una coleta baja. Iba vestida con un jersey verde oscuro y unos pantalones vaqueros desgastados que se ceñían a su trasero y a sus largas piernas. Llevaba además unos guantes negros y unas botas viejas del mismo color.

Aunque estaba de espaldas a la casa, Micah se sabía su rostro de memoria. Tenía la piel clara, salpicada de pecas en la nariz, los ojos verdes y unos labios generosos que hacían que Micah se preguntase cómo sabrían.

La vio llevar las bolsas con hojas hasta la curva y saludar a un vecino. Supo que estaría sonriendo. Le dio la espalda a la ventana y se obligó a sacarla de su mente. Volvió al sillón.

–Sí, es guapa.

Sam se echó a reír.

–Menudo entusiasmo.

En realidad, Micah estaba muy entusiasmado con ella. Aquel era el problema.

–He venido a trabajar, Sam, no a buscar una mujer.

–Qué triste.

–Es verdad, pero ¿para qué me habías llamado?

–Tienes que tomarte un respiro. ¿Ya no te acuerdas de que me has llamado tú a mí?

–Cierto.

Micah se pasó una mano por el pelo. Tal vez necesitase un descanso. Había pasado los dos últimos meses sin dejar de trabajar. No era de extrañar que aquel lugar estuviese empezando a resultarle claustrofóbico a pesar de su tamaño.

–Buena idea –añadió–. Iré a darme una vuelta.

–Invita a tu casera –lo animó Sam–. Podría enseñarte la zona.

–Tampoco necesito una guía turística, gracias.

–¿Y qué necesitas?

–Ya te lo diré cuando lo sepa –respondió Micah antes de colgar.

–¿Cómo está nuestro famoso escritor?

Kelly sonrió a su vecina. Sally Hartsfield era la persona más entrometida del mundo. Rondaba los noventa años, lo mismo que su hermana, Margie, y se pasaban el día mirando por la ventana, pendientes de lo que ocurría en el barrio.

–Muy ocupado –respondió Kelly, mirando hacia las ventanas del segundo piso, donde lo había visto un rato antes.

Ya no estaba allí y no verlo la decepcionó.

–Ya me dijo cuando llegó que iba a dedicarse a trabajar y que no quería que lo molestasen.

–Umm. Su último libro me provocó pesadillas. No sé cómo puede soportar estar solo mientras escribe escenas tan terroríficas…

Kelly estaba de acuerdo. Solo había leído uno

de los siete libros que había escrito Micah porque le había dado tanto miedo que después se había tenido que pasar dos semanas durmiendo con la luz encendida.

–Supongo que a él le gusta trabajar así...

–Todos somos diferentes –comentó Sally–. Afortunadamente. La vida sería muy aburrida si todos fuésemos iguales. No tendríamos nada de qué hablar.

Y aquello sí que sería una pena para Sally, pensó Kelly.

–Es muy guapo, ¿no? –preguntó la anciana.

Kelly pensó que Micah Hunter era más que guapo. La fotografía que había en la parte trasera del libro mostraba a un hombre moreno y pensativo, pero en persona era mucho más atractivo. Tenía el pelo moreno permanentemente despeinado, como si acabase de levantarse de la cama, los ojos eran oscuros y cuando se pasaba un día o dos sin afeitarse parecía un pirata.

Tenía los ojos hombros anchos, los labios delgados y era muy alto, mucho más que Kelly, que también era alta. Era la clase de hombre que cuando entraba en una habitación todo el mundo se fijaba en él.

Kelly imaginó que todas las mujeres soñaban con él. Incluso Sally Hartsfield, que tenía un nieto de la edad de Micah.

–Es atractivo, sí –respondió por fin.

Su vecina suspiró.

–Kelly Flynn, ¿se puede saber qué te pasa? Hace cuatro años que falleció Sean, si yo tuviese tu edad...

Kelly se puso tensa al oír que mencionaban a su difunto marido y, automáticamente, se puso a la defensiva. Sally debió de darse cuenta, porque sonrió y, por suerte, cambió de tema.

–He oído que esta tarde le vas a enseñar la casa de Polk a una pareja que viene ni más ni menos que de California.

–¿Cómo lo sabes? –le preguntó Kelly impresionada.

–Tengo mis fuentes.

–Bueno, tengo que irme. Todavía tengo que darme una ducha y cambiarme.

–Por supuesto, querida, márchate –le dijo la anciana–. Yo también tengo cosas que hacer.

Kelly la vio alejarse con sus zapatillas de deporte rosas casi brillando sobre las hojas que cubrían el suelo. Los viejos robles que recorrían la calle formaban un arco de hojas doradas y rojas sobre la carretera.

No había dos casas iguales, las había pequeñas y grandes, como la de Kelly. Todas habían sido construidas un siglo antes, pero estaban bien cuidadas, lo mismo que sus jardines. La gente se quedaba en Banner. Nacían allí, crecían allí y se casaban, vivían y morían allí.

Y aquello era algo que reconfortaba a Kelly. Había vivido en el pueblo desde que, a los ocho años, sus padres habían fallecido en un accidente de tráfico. Se había mudado con sus abuelos y se había convertido en el centro de su mundo. Después su abuelo había fallecido y su abuela se había mudado a Florida, dejándole a ella la enorme mansión. Y dado que vivir sola en una casa tan grande le parecía una tontería, Kelly la alquilaba y vivía en la casita que había al lado.

Durante los tres últimos años la casa no había estado vacía prácticamente nunca. Cuando no la alquilaban familias para pasar allí sus vacaciones, se utilizaba para bodas o fiestas.

Y todos los años, cuando llegaba Halloween, Kelly la convertía en una mansión encantada.

–Tendré que ir pensando en eso –se dijo.

Era uno de octubre y, si no empezaba pronto, cuando quisiese darse cuenta se le habría pasado el mes.

Se abrió la puerta de la casa y apareció Micah; a ella le dio un vuelco el corazón, sintió calor, se puso tensa. Hacía cuatro largos años que había fallecido su marido, Sean, y, desde entonces, no había salido con nadie. Ese debía de ser el motivo por el que su cuerpo reaccionaba así cuando veía a Micah.

Iba vestido con una chaqueta de cuero negra, camiseta negra y pantalones vaqueros negros. Y botas negras para completar la imagen de hombre peligroso que hacía que a Kelly se le acelerase el corazón.

–¿Necesitas ayuda? –le preguntó él, señalando con la cabeza la carretilla a la que Kelly se estaba aferrando.

–¿Qué? Ah. No.

«Estupendo, Kelly. ¿Por qué no intentas decir una frase completa?».

–Quiero decir que está vacía, así que no pesa. La voy a llevar al jardín trasero.

–Bien –respondió Micah, bajando la escalera–. Yo voy a hacer un descanso. He pensado dar una vuelta en coche para conocer mejor la zona.

–¿Después de dos meses en Banner? –preguntó ella sonriendo–. Sí, va siendo hora.

Él esbozó una sonrisa.

–¿Alguna sugerencia?

Kelly dejó la carretilla, se apartó la coleta del hombro y se quedó pensativa.

–Cualquier camino será bonito, pero si buscas un destino, podrías atravesar el cañón hacia la 89. Allí hay muchos puestos con frutas y vegetales, podrías traerme unas calabazas.

Él ladeó la cabeza y la estudió, parecía divertido.

–¿Acaso he dicho que quiera ir de compras?

–No –admitió Kelly–, pero podrías hacerlo.

Micah suspiró, miró hacia la carretera y después volvió a mirarla a ella.

–Podrías venir conmigo y escoger tú las calabazas.

–De acuerdo.

Micah asintió.

–Oh, no. Espera. Tal vez, no.

Él frunció el ceño.

Discutir consigo misma en público la avergonzó. Era evidente, por la expresión de Micah, que este prefería que no lo acompañase, pero ella quería ir. Aunque sabía que no debía ir. Tenía mucho que hacer y, quizás, pasar tiempo con Micah Hunter no fuese una buena idea, dado que tenía aquel efecto en ella. ¿Pero cómo iba a resistirse a la tentación de ponerlo tan incómodo como la ponía él a ella?

–Mejor sí. Iré contigo, pero tendré que estar de vuelta en un par de horas. Esta tarde tengo que enseñar una casa.

Él arqueó las cejas.

–Te garantizo que no me voy a pasar dos horas comprando calabazas –respondió–. Entonces, ¿vienes o no?

Kelly lo miró a los ojos y supo que Micah tenía la esperanza de que le contestase que no, así que hizo todo lo contrario.

–Supongo que sí.

Capítulo Dos

–¿Por qué vas a comprar calabazas, si las cultivas tú?

Iban ya por la mitad del cañón, las montañas se erguían a ambos lados de la estrecha carretera.

–¿Y por qué tienes que ir tan lejos a buscarlas?

Ella lo miró de reojo.

–Porque en esos puestos tienen las más grandes.

Micah puso los ojos en blanco, pero a ella no le importó. Hacía un maravilloso día de otoño, iba subida a un coche increíble, sentada al lado de un hombre muy guapo que la ponía nerviosa.

Cuatro años después de la muerte de Sean, Micah era el primer hombre que le hacía sentir un cosquilleo en el estómago, despertando en ella unos nervios que, hasta entonces, Kelly había creído muertos o atrofiados. El problema era que no sabía si se alegraba o no de sentirlos.

Bajó la ventanilla y dejó que el aire frío la golpease. Respiró hondo y cambió de postura para mirar a Micah.

–Las que cultivo yo se las regalo a los niños del barrio.

–¿Y no te puedes quedar alguna?

–Podría, pero eso no sería divertido.

–¿Divertido? –repitió Micah–. ¿Qué tiene de divertido tener que plantar, regar y cuidar las plantas?

–A mí me gusta. Además, si quisiera que me dieran lecciones acerca de cómo divertirme no te las pediría a ti.

–Si lo hicieras, te enseñaría algo más que calabazas.

A Kelly se le hizo un nudo en el estómago, pero tragó saliva. Se dijo que Micah debía de estar acostumbrado a hacer esos comentarios a las mujeres para ponerlas nerviosas.

–No lo tengo tan claro –le respondió–. Llevas dos meses en el pueblo y casi no has salido de casa.

–Porque tengo que trabajar. No tengo tiempo de divertirme.

–Ya, por supuesto. Entonces, ¿qué harías para divertirte?

Él se quedó pensativo un instante.

–Empezaría por reservar un avión…

–Tu propio avión.

–No me gusta compartir.

Kelly se echó a reír al pensar en la última vez que había tomado un avión en el aeropuerto de Salt Lake City, que había ido completamente lleno. Le había tocado sentarse entre una mujer que no había dejado de hablar de sus nietos y un hombre de negocios que le había clavado la esquina de su maletín cada vez que se había movido en el asiento. Visto así, la idea de tener un avión privado le gustó.

–De acuerdo. ¿Y adónde irías?

Él condujo el Range Rover por la carretera como si fuese un piloto de Fórmula 1. Kelly intentó no pensarlo para no preocuparse.

–Bueno, es octubre, así que iría a Alemania a la Oktoberfest.

–Ah.

Aquello estaba tan fuera de su órbita que Kelly no puso qué más decir.

–Es un buen lugar para estudiar a la gente.

–Seguro que sí –murmuró ella.

–A los escritores nos gusta observar –continuó Micah–. A los turistas, a los locales. Cómo interactúa la gente. Me da ideas para mi trabajo.

–¿Como a quién asesinar?

–Entre otras cosas. En uno de mis libros maté al gerente de un hotel –le contó, encogiéndose de hombros–. Era un cretino, así que, al menos en papel, me deshice de él.

Kelly lo miró fijamente.

–¿No tendrás pensado matar a tu actual casera?

–Todavía no.

–Menos mal.

–En fin. Después de un fin de semana largo en Alemania, me iría a Inglaterra –añadió Micah–. Hay un hotel en Oxford que me gusta mucho.

–¿No irías a Londres?

–En Oxford me reconocen menos.

–¿Y eso te supone un problema?

–Puede serlo. Mis seguidores suelen conseguir

encontrarme gracias a los medios de comunicación. Es bastante molesto.

Kelly lo comprendió. La foto de Micah que aparecía en sus libros era fascinante. Ella misma se había pasado un buen rato estudiando sus ojos, la caída de su pelo sobre la frente, la fuerte mandíbula.

–Tal vez deberías quitar la fotografía de tus novelas.

–Ya lo he propuesto, pero el editor no quiere hacerlo.

Kelly no tenía nada más que añadir a aquella conversación. Nunca la había seguido ningún extraño desesperado por estar con ella, y lo más lejos que había viajado había sido a Florida, a ver a su abuela. Le encantaría ir a Europa. Algún día. Pero no iría en avión privado.

Miró por la ventanilla, el paisaje le era muy familiar, así que se tranquilizó. La vida de Micah era completamente distinta de la suya.

–Algún día me gustaría ir a Escocia –dijo de repente, clavando la vista en su perfil–. A ver el castillo de Edimburgo.

–Merece la pena –le aseguró él.

Como era de esperar, lo conocía. Probablemente había estado en todas partes. Por eso se había quedado encerrado en casa esos dos meses. ¿Qué podía interesarle de Banner, Utah? Seguro que le parecía un lugar muy aburrido. Tal vez no estuviese a la altura de la Oktoberfest, ni del castillo de Edimburgo, pero a ella le encantaba.

–Me alegra saberlo –le respondió–. Mientras tanto, seguiré dedicándome a plantar calabazas para los niños. Me gustan todos los aspectos de la jardinería: ver cómo brotan las semillas, ver crecer las calabazas y volverse cada vez más naranjas.

Sonrió y después continuó:

–Y me gusta que vengan todos los niños a la vez, a escoger las calabazas que van a ser suyas, a ayudarme a regarlas, a sacar las semillas. Tienen muy claro cuál es la suya.

–Sí, ya los he oído.

Micah no apartó la vista de la carretera en ningún momento. Kelly no supo si era porque era un conductor cauto o porque prefería no mirarla. Tal vez la segunda opción. En los dos meses que llevaba viviendo en su casa no había hecho más que evitarla.

Aunque también era cierto que era escritor y que ya le había dicho nada más llegar que necesitaba estar solo para escribir. No le interesaba hacer amigos, que nadie fuese a verlo ni una visita guiada del pequeño pueblo. No era un hombre simpático, pero la intrigaba.

¿Qué podía hacer, si aquel hombre alto, moreno y gruñón la atraía? No se parecía en nada a su difunto marido, que era rubio y con ojos azules, simpático.

–¿No te gustan los niños?

Él la miró de reojo un instante.

–Yo no he dicho eso. He dicho que los he oído. Hacen mucho ruido.

–Ah. ¿No dijiste la semana pasada que Banner era un lugar demasiado tranquilo?

Micah apretó los labios.

–Tienes razón.

–Bien. Me gusta ganar.

–Un punto a tu favor no significa que hayas ganado nada.

–Entonces, ¿cuántos puntos necesito?

Él esbozó una sonrisa muy a su pesar.

–Al menos, once.

La sonrisa volvió a desaparecer, pero a Kelly se le había quedado la boca seca al verla. Tomó aire muy despacio. Tenía que centrarse en la conversación, no en la reacción de su cuerpo.

–Como en el ping-pong –comentó.

–De acuerdo –respondió él, divertido.

–Bien.

Kelly alargó la mano y le dio una palmadita en el brazo, sobre todo para convencerse a sí misma de que podía tocarlo sin consumirse por dentro. Había conseguido hacerlo hablar y mantenerse tranquila. El problema eran sus hormonas y su imaginación, mientras las mantuviese a raya podría manejar a su inquilino.

Durante los siguientes días, Kelly estuvo demasiado ocupada para pensar en Micah. Tanto mejor, sobre todo, porque nada más volver de su excursión este había desaparecido. Kelly había captado el mensaje.

Era evidente que él pensaba que la breve tregua había sido un error. Se había vuelto a encerrar a trabajar y no se habían visto más. Probablemente aquello fuese lo mejor. A Kelly le era más sencillo estar centrada en su propia vida, en sus responsabilidades, si solo veía a Micah en sueños.

Eso significaba que no descansaba bien por las noches, pero no era la primera vez en su vida que se sentía cansada. A lo que no estaba acostumbrada era a los sueños eróticos. Odiaba despertarse excitada y odiaba tener que admitir que lo hacía deseando volver a dormirse y seguir soñando.

–Como empieces a pensar en los sueños no vas a poder trabajar –se reprendió con firmeza.

No le costó apartar a Micah de su mente, con tantas cosas que hacer. Por suerte, no tenía mucho tiempo para sentarse a pensar en si el sexo con Micah en la vida real sería tan estupendo como en sus sueños.

Si lo era, tal vez no sería capaz de sobrevivir a la experiencia.

Sacudió la cabeza, hundió el pincel en la témpera naranja y pintó la primera calabaza en la ventana de la cafetería Coffee Cave. De todos sus trabajos, aquel era su favorito. A Kelly le encantaba decorar escaparates.

También llevaba las páginas web de varios negocios locales, y trabajaba de agente inmobiliaria y acababa de venderle una casa a una familia de California. Era jardinera y paisajista, y en esos momentos se estaba planteando presentarse a alcaldesa de Banner en las siguientes elecciones.

Kelly había estudiado empresariales en la universidad de Utah, pero tras terminar sus estudios no había querido atarse a un único trabajo. Le gustaba la variedad y le gustaba ser su propia jefa. Cuando había decidido dedicarse a varias cosas, sus amigos le habían dicho que estaba loca, pero Sean la había animado a hacer lo que la hiciese más feliz.

El recuerdo de Sean fue como una brisa caliente en un día frío. Se le encogió el corazón. Todavía lo echaba de menos, aunque viese cada vez más borroso su rostro cuando pensaba en él, como una acuarela que alguien hubiese olvidado bajo la lluvia.

Odiaba aquella sensación. Sentía que dejar desdibujarse a Sean era una traición, pero tampoco podía vivir aferrándose al dolor. El tiempo pasaba, lo quisiese o no, y solo tenía dos opciones, o superarlo o dejar que aquello la superase.

Con eso en mente, estudió la calle principal de Banner y se sintió mejor. Era un lugar precioso, del que se había enamorado nada más llegar, con ocho años. Le gustaba todo, el pueblo, los bosques, los ríos, las cascadas y la gente.

Banner no era Edimburgo ni Oxford, pero era un lugar… acogedor. Casi todos los edificios habían sido construidos un siglo antes y tenían suelos de madera y paredes de ladrillo. Las aceras eran estrechas, pero estaban muy limpias, y todas las viejas farolas tenían un cesto de flores en la base. En un mes pondrían la decoración de Navidad y las luces y, cuando nevase, el pueblo parecería sacado de un cuadro. Así que, sí, a Kelly le gustaba viajar y ver mundo, pero su hogar siempre estaría en Banner.

Asintió y terminó de pintar la calabaza.

–Te ha quedado estupenda.

Kelly se giró y sonrió a su amiga, Terry Baker, la dueña de la cafetería y la persona que mejores bollitos de canela preparaba en todo el estado. Tenía el pelo moreno y corto, los ojos azules, brillantes, y era de estatura baja. Parecía un duende, cosa que a ella no le hacía ninguna gracia.

–Gracias, pero todavía no he terminado –le dijo Kelly, estudiando el hueco que iba a rellenar con varias calabazas pequeñas.

–He aquí el café con leche que te acabo de preparar.

–¿He aquí? –repitió ella, tomando la taza y dándole un sorbo–. ¿Has estado leyendo otra vez novelas de misterio británicas?

–No. Tengo una vida amorosa tan triste que me paso la noche viendo series de misterio británicas en televisión.

–Tener vida amorosa está sobrevalorado –comentó Kelly.

–Ya, ¿a quién intentas convencer? ¿A mí? ¿O a ti?

–Como es evidente, a mí, porque tú eres la única de las dos que ahora mismo tiene pareja.

Terry apoyó un hombro contra la pared de ladrillos rosas del edificio.

–Yo tampoco tengo pareja, créeme. Es imposible tener sexo telefónico con un iPad cuando los compañeros de Jimmy pueden entrar en la habitación en cualquier momento.

Kelly se echó a reír, tomó otra brocha y dibujó una rama verde que unía todas las calabazas.

–La verdad es que eso puede resultar incómodo.

–Y que lo digas. ¿Recuerdas cuando me llamó por mi cumpleaños y yo salí corriendo de la ducha para responder a la llamada? Todavía puedo oír los silbidos de sus compañeros.

Kelly se echó a reír.

–Eso enseñará a Jimmy a darte sorpresas.

–Ahora quedamos a una hora exacta para hablar –continuó Terry–, pero ya hemos hablado bastante de mí. He oído que el otro día fuiste a dar una vuelta con el escritor.

–¿Quién te lo ha…? –empezó a preguntar Kelly–. Seguro que Sally.

–Vino a tomar un café con su hermana ayer y me lo contó todo –admitió Terry, ladeando la cabeza para estudiar a su amiga–. La cuestión es por qué no me lo has contado tú.

–Porque no hay nada que contar –le aseguró Kelly, concentrándose de nuevo en la ventana–. Me llevó a comprar calabazas.

–Ah. Sally dice que estuvisteis fuera casi dos horas. O te costó mucho decidirte, o hicisteis algo más.

–Dimos un paseo.

–Ah.

–Le enseñé un poco la zona.

–Ya.

–No ocurrió nada.

–¿Por qué no?

A Kelly le sorprendió la pregunta.

–¿Qué?

–Cielo –le dijo Terry, acercándose a apoyar un brazo alrededor de sus hombros–. Hace cuatro años que murió Sean y no has salido con nadie desde entonces. Ahora mismo tienes a un hombre muy atractivo en tu casa seis meses ¿y no vas a hacer nada al respecto?

Kelly se echó a reír y sacudió la cabeza.

–¿Qué quieres que haga? ¿Lo ato a la cama y hago lo que quiera con él?

–Umm…

–Venga ya.

Kelly no pudo evitar sentir calor, pero se dijo que no quería ni necesitaba sentirte atraída por Micah. Era evidente que a él no le interesaba y ella ya había sufrido suficiente por amor.

–Está bien –le dijo Terry riendo–. Si estás decidida a quedarte el resto de la vida encerrada en un armario, allá tú, pero te prometo que si en algún momento la CIA necesita más espías voy a recomendar a Sally y a Margie. Esas dos se enteran absolutamente de todo lo que pasa en el pueblo.

Y Kelly vivía justo enfrente de ellas. A Sean siempre le había hecho mucha gracia verlas mirando por la ventana y le había gustado besar a Kelly apasionadamente en la calle, para que los vieran.

–El motivo por el que son tan curiosas es que nadie las ha besado nunca así. Así que vamos a darles algo de qué hablar –había dicho.

El recuerdo la hizo sonreír con tristeza. Sean le traía buenos recuerdos, pero su pérdida todavía le dolía. Ya había perdido suficientes cosas en la vida.

Primero, sus padres, cuando era solo una niña, después su abuelo y después Sean. Y el único modo de asegurarse que no iba a volver a sufrir era no volviendo a querer a nadie.

Tenía a Terry, a su abuela y a un par de amigos más. ¿Quién necesitaba a un hombre?

Pensó en Micah y una vocecilla en su cabeza le susurró:

–Tú. Solo va a estar aquí una temporada, ¿por qué no aprovechas? La relación no tiene futuro, así que no vas a arriesgar nada.

Era cierto que Micah solo estaría en Banner cuatro meses más, así que era como si… No.

«Ni lo pienses».

¿Por qué no?

–¿Sabes una cosa? –dijo Terry, interrumpiendo sus pensamientos–, Jimmy tiene un compañero que yo creo que podría gustarte…

–No. Déjalo, Terry. Ya sabes que esas cosas nunca salen bien.

–Es un tipo agradable –insistió su amiga.

–Seguro que es un príncipe azul, pero no el mío. No estoy buscando a otro hombre.

–Pues deberías.

–¿No has dicho que si quiero quedarme encerrada en un armario el resto de la vida, puedo hacerlo?

–Odio verte siempre sola.

–Tú también estás sola –le recordó Kelly.

–Ahora, pero Jimmy volverá a casa después de un par de meses.

–Y yo me alegro por ti –le respondió Kelly, tomando otro pincel y hundiéndolo en la pintura amarilla, para que pareciese que había una vela dentro de la calabaza–. Yo ya tuve un marido, Terry, no quiero otro.

–Yo no he dicho que quiera que te cases.

–Pero es la verdad.

–No estábamos hablando de eso –insistió Terry–. Cielo, sé que la pérdida de Sean fue horrible, pero eres demasiado joven para pasar el resto de tu vida sola.

Terry llevaba dos años diciéndole lo mismo, no entendía que Kelly quería evitar volver a sufrir. Amar era estupendo, pero perder a un ser querido era terrible.

–Te lo agradezco, pero…

–No me lo agradeces –replicó Terry.

–Tienes razón. Sinceramente, hablas igual que mi abuela.

–Eso ha sido un golpe bajo –murmuró Terry–. ¿Sigue preocupada por ti?

–Lo ha estado desde que falleció Sean, sobre todo, el último año. De hecho, está haciendo planes para volver a Banner para que yo no viva sola.

–Vaya, pensé que le gustaba vivir en Florida con su hermana.

–Le gusta. Van al bingo y a clubes de mayores. Y se lo pasa muy bien, pero se preocupa por mí...

A Kelly le sonó el teléfono y se interrumpió para sacárselo del bolsillo.

–Hablando de Roma... –dijo suspirando.

–¿Es tu abuela? ¡Eso es que le han pitado los oídos!

Kelly se echó a reír, pero no respondió.

–¿No quieres hablar con ella?

–Una conversación acerca de mi falta de vida amorosa es suficiente por hoy.

–Está bien, ya no te voy a decir nada más –le prometió Terry, levantando ambas manos en señal de rendición.

–Gracias –respondió ella, guardándose el teléfono e intentando no sentirse demasiado culpable por no haber respondido a la llamada de su abuela.

–Pero... que no te interese una relación seria...

Kelly la miró fijamente.

–No significa que no puedas tener una aventura.

Terry entró en la cafetería y Kelly se quedó pensando en sus palabras. Se le empezó a ocurrir un plan y sonrió.

Capítulo Tres

Micah odiaba cocinar, pero hacía mucho tiempo que había aprendido que uno no podía sobrevivir a base de comida para llevar, sobre todo, estando tan lejos de cualquier lugar, en un pueblo en el que solo había pizza a domicilio.

Le dio un sorbo a la cerveza y mezcló la pasta con una salsa de aceite de oliva y ajo, añadió unos tomates cortados y carne y utilizó la espátula para mezclarlo todo. El olor le abrió el apetito. Era temprano para cenar, pero él no tenía horario de comidas.

Había pasado varias horas escribiendo y, como le ocurría siempre, cuando se le acababa la inspiración salía de su cueva como un oso que hubiese estado seis meses hibernando.

–Hola.

Micah se giró hacia la puerta trasera, que estaba abierta. Estaba atardeciendo y el aire era fresco. Se dijo que debía haber mantenido la puerta cerrada si no quería que le molestaran, pero ya era demasiado tarde. En la puerta había un niño. Debía de tener tres o cuatro años, tenía el pelo castaño y rizado, sus ojos marrones lo miraban con curiosidad y tenía las rodillas de los pantalones vaqueros manchadas de barro.

–¿Quién eres?

–Jacob. Vivo ahí –respondió el pequeño, señalando la casa de al lado–. ¿Puedo ir a ver mi calabaza?

–¿Por qué me lo preguntas a mí?

–Porque Kelly no está, así que le tengo que preguntar a otra persona mayor.

–Ah, claro. Sí, puedes ir a ver tu calabaza.

–Vale. ¿Qué haces? –preguntó Jacob acercándose.

–Estoy cocinando –respondió Micah–. Ve a ver tu calabaza.

–¿Tú también tienes hambre? –volvió a preguntar el niño, esperanzado.

–Sí. Deberías irte a casa –le dijo Micah–. A comer. Está oscureciendo. A cenar.

–Antes tengo que darle las buenas noches a mi calabaza.

Era la primera vez que Micah oía algo así. Nunca le habían gustado los niños. Nunca. Ni siquiera cuando él era uno de ellos.

Por aquel entonces también le había gustado estar solo. Nunca había hecho amigos porque sabía que no podría mantenerlos. Era difícil tener amigos cuando tenía que cambiar de hogar de acogida todo el tiempo. Así que se había dedicado a leer y a esperar a cumplir dieciocho años para poder salir del sistema.

Pero en esos momentos, miró al niño a los ojos y se sintió culpable por no querer hacerle caso. Fue una sensación tan extraña que a Micah le costó reconocerla. No pudo ignorarla.

–Está bien, ve entonces. Dale las buenas noches a tu calabaza.

–Me tienes que abrir la puerta porque soy pequeño.

Micah puso los ojos en blanco y se acordó de la pequeña valla que rodeaba el huerto. Kelly le había contado que la había puesto para que no entrasen conejos ni ciervos. Aunque los ciervos pudiesen saltar, ella había querido intentar proteger su huerto.

Micah suspiró, apagó el fuego y se despidió de su comida.

–Está bien –le dijo al niño–. Vamos.

Este sonrió de oreja a oreja.

–¡Gracias!

Jacob salió de la cocina, bajó las escaleras y rodeó la casa.

Micah lo siguió y, mientras lo hacía, aprovechó para disfrutar de las vistas. A su alrededor todo estaba salpicado de tonos dorados y rojos. El verde oscuro de los pinos que había al fondo hacía que pareciesen sombras, y eso le hizo pensar en otro asesinato, en un bosque.

–Será un niño el que encuentre el cuerpo –murmuró–. Se asustará tanto que tal vez le dé miedo contarlo. ¿Irá corriendo a pedir ayuda o se encerrará en casa?

–¿Quién?

Micah miró al niño.

–¿Qué?

–¿Quién tiene miedo y se va corriendo a casa?

Porque mis hermanos dicen que los chicos no tienen miedo, eso le ocurre solo a las chicas.

–Pues tus hermanos se equivocan.

–Lo sé. Jonah también tiene miedo a veces y Joshua necesita dormir con luz.

–Ah.

Micah se preguntó cómo hacer callar al niño.

–A mí me gusta la oscuridad y solo tengo miedo a veces –continuó Jacob.

–Eso está bien.

–¿Tú tienes miedo?

Micah frunció el ceño. Por un instante, se sintió tentado a responder que no, pero después se lo pensó mejor.

–Todo el mundo siente miedo a veces.

–¿Incluso los padres?

Micah no tenía ninguna experiencia con padres, pero imaginó que, si había algo que podía aterrar a un hombre, era la preocupación por sus hijos.

–Sí –respondió–. Incluso los padres.

–Yo tengo un conejo y lo abrazo cuando tengo miedo. Mi padre no tiene conejo.

–¿Un conejo?

–No es de verdad –le explicó Jacob–. Uno de verdad no es fácil de abrazar.

–Por supuesto.

–Y hacen caca por todas partes.

Micah contuvo una sonrisa. Se preguntó si todos los niños hablaban tanto. ¿No se suponía que los niños no debían hablar con extraños? ¿Ya no se le enseñaba eso a los niños?

–Ahí está –dijo Jacob, señalando el jardín mientras esperaba a que Micah le abriese la puerta.

Una vez abierta, corrió hacia las calabazas.

Micah lo siguió, con las manos metidas en los bolsillos de los pantalones vaqueros, pensando que no podía dejar solo al niño.

–¿Cuál es la tuya?

–Esta –dijo el pequeño, tocando la calabaza más triste que Micah había visto jamás.

Era más pequeña que el resto, pero además tenía forma de balón con bultos. Era de color amarillo, más que naranja, y daba la sensación de que le estaba creciendo un tumor a un lado. Si hubiese estado en una tienda, no la habría comprado nadie, pero el niño la estaba acariciando con ternura.

–¿Por qué esa? –le preguntó Micah con verdadera curiosidad.

–Porque es la más pequeña, como yo –dijo Jacob–. Y porque está aquí sola y debe de sentirse muy sola.

–Una calabaza solitaria –comentó Micah, sintiéndose conmovido por el niño.

–Sí –respondió Jacob sonriendo–. A los otros niños no les gustaba, pero a mí me gusta. Voy a ayudar a mi madre a dibujar una cara sonriente en ella para Halloween, y entonces se sentirá bien.

El pequeño estaba preocupado por la autoestima de la calabaza. Micah no supo qué decirle. De niño, él nunca había celebrado Halloween. No se había disfrazado ni había pedido caramelos, tampoco había diseñado calabazas con su madre.

Solo tenía un recuerdo borroso de su madre, una mujer guapa, con el pelo moreno y los ojos marrones, como él, arrodillada en la acera a su lado, sonriendo, a pesar de que tenía los ojos llenos de lágrimas. En Nueva York, en una calle llena de gente y coches. Él tenía hambre y frío, y su madre le acariciaba el pelo y le susurraba:

–Vas a tener que quedarte aquí sin mí, Micah.

Él había sentido miedo al ver el enorme edificio gris. Las oscuras ventanas le habían parecido ojos que lo miraban.

–Pero yo no quiero estar sin ti –le había respondido a su madre.

–Será solo un tiempo, cariño. Aquí estarás bien y yo volveré a buscarte en cuanto pueda.

–No quiero estar bien –había susurrado él–. Quiero ir contigo.

–No puedes venir conmigo, Micah –le había dicho ella, dándole un beso en la frente antes de incorporarse–. Tiene que ser así y espero que seas un buen chico.

–Seré bueno si voy contigo –había insistido él, agarrándola de la mano.

Pero su madre solo lo había acompañado escalera arriba, había llamado a la puerta y le había apretado la mano un instante antes de soltársela. Micah había sentido miedo, se había puesto a llorar.

–No te marches.

–Espera aquí a que abran la puerta, ¿entendido?

Él había asentido, sin entender lo que hacía. Sin

entender por qué estaba allí, por qué tenía que marcharse su madre y por qué no podía acompañarla él.

–Volveré, Micah –le había prometido esta–. Volveré muy pronto.

La había visto marcharse y la había seguido con la mirada hasta perderla de vista. Entonces se había abierto la puerta y una señora a la que no conocía lo había agarrado de la mano.

Su madre no había vuelto jamás.

Micah apartó aquel recuerdo de su mente. Aquel había sido un día muy largo para él, un día aterrador. Su madre le había dicho que no estaría allí mucho tiempo, así que, durante el primer año, la había esperado todos los días. Después, había ido perdiendo la esperanza.

No había podido borrar de su mente las mentiras de su madre, seguían allí, en un rincón, recordándole que no podía confiar en nadie.

Aunque en Banner aquellas advertencias retumbaban menos en su cabeza. Vio cómo Jacob le limpiaba el polvo a su calabaza y se dio cuenta de que aquel lugar era como meterse en un cuadro de Norman Rockwell. Era un lugar distinto a todos los que había conocido, en el que los niños se preocupaban por las calabazas y hablaban con extraños como si fuesen sus mejores amigos. Tal vez por aquel motivo se sintiese tan fuera de lugar allí.

***

Así fue como los encontró Kelly. El niño, arrodillado en la tierra, con el hombre a su lado, con la mirada perdida, como si no supiese qué hacía allí. Ella sonrió, salió de su camioneta y se dirigió al huerto. Micah la vio y clavó la vista en la suya.

Kelly sintió calor, le temblaron las rodillas, pero siguió avanzando. Tuvo que admitir que le había sorprendido ver a Micah allí, con Jacob. No parecía que le gustasen los niños. Era un hombre tan retraído, tan cerrado, que verlo allí con el niño la enterneció.

–¿Qué hacéis aquí? –preguntó Kelly.

–Le he enseñado mi calabaza a Micah –le explicó Jacob–. Ha dicho que es la que más le gusta.

–Por supuesto –dijo ella–. Es estupenda.

El pequeño sonrió a Micah de oreja a oreja. A este parecía avergonzarle que lo hubiesen sorprendido siendo amable. Interesante reacción.

–¿Podía venir? –preguntó Jacob, preocupado–. Micah estaba cocinando, pero le he pedido que me abriese la puerta y todo eso.

–Por supuesto que podías venir –le aseguró Kelly.

–Ahora tengo que marcharme –dijo el niño de repente–. ¡Adiós!

Salió corriendo hacia la casa de al lado.

Micah lo observó.

–Qué rapidez.

Kelly se echó a reír.

–¿Estabas cocinando?

Él se encogió de hombros.

–Tenía hambre.

–Es temprano para cenar.

–O tarde para comer, depende de cómo se mire.

Kelly disfrutó de la breve conversación. Se preguntó si Micah habría sido más simpático con el niño, aunque lo dudaba.

–¿Por qué dejas la valla, si has admitido que los ciervos pueden entrar igualmente?

–Porque me siento mejor si al menos intento evitarlo. En ocasiones me da la sensación de que puedo oír cómo se ríen los ciervos de mí.

Él miró hacia el bosque.

–No he visto ni un ciervo desde que llegué aquí.

–Hay que estar fuera para verlos –comentó Kelly.

–Claro –respondió Micah, metiéndose las manos en los bolsillos.

–Hay muchos y son muy escurridizos –le explicó ella–, pero algunos vienen directamente a mi jardín, a reírse en mi cara.

–¿Los ciervos ríen?

–Por supuesto –le respondió Kelly, ladeando la cabeza–. Tú deberías reír más.

Micah frunció el ceño y Kelly volvió a la que había sido su primera pregunta.

–La valla ni siquiera les dificulta el paso. Saltan por encima.

Luego sacudió la cabeza y añadió:

–Tienen la gracia de una bailarina, ¿sabes?

–Entonces, ¿por qué te has molestado en poner una valla?

–Porque hacer lo contrario sería como decirles

que me da igual, que pueden entrar a comerse mis verduras.

–Así que estás en guerra con los ciervos.

–Más o menos, sí. Y, por el momento, me van ganando.

–Tienes pintura naranja en la mejilla.

–¿Qué? Ah –dijo, frotándose la cara.

–Y pintura blanca en los dedos.

Kelly levantó las manos para mirárselas y se echó a reír.

–Sí, vengo de pintar y…

–¿También pintas?

–Un poco. Decoro ventanas y escaparates. No soy una artista ni nada de eso, pero…

–Agente inmobiliario, pintora, administradora de sitios web… ¿Y qué más?

–Ah, varias cosas –respondió Kelly–. Diseño jardines y, en invierno, surco caminos. Me gusta cambiar.

A Micah le brillaron los ojos y a ella se le encogió el corazón y sintió calor. Respiró hondo, tragó saliva y añadió:

–Debería entrar en casa y asearme.

–¿Qué tal si antes nos tomamos una copa de vino?

Ella lo miró con curiosidad.

–¿Es una invitación?

–¿Y si lo es?

–Acepto.

–Bien. Vamos. También te invito a cenar.

–¿Un hombre que cocina e invita a vino? –comentó Kelly–. Eres un tipo raro, Micah Hunter.

–Sí –murmuró él–. Soy raro.

Como era natural, Kelly se sentía muy a gusto en la casa. Al fin y al cabo, había crecido allí. Había hecho los deberes en la mesa redonda mientras comía las galletas recién sacadas del horno de su abuela. Había aprendido a cocinar con ella y había ayudado a su abuela a comprar la nevera de acero inoxidable cuando la anterior había dejado de funcionar.

Había pintado las paredes de un tono dorado claro, para que el lugar fuese acogedor incluso en invierno, y había escogido las encimeras de granito ambarino a juego con las paredes. Era una casa cómoda. Llena de amor.

Kelly se acercó al fregadero y miró hacia el jardín, estudió los bosques y el cielo, que estaba oscureciendo, mientras se lavaba las manos para quitarse la pintura de la piel. Después se lavó también la cara.

–¿Ya estoy limpia?

Micah la miró y asintió.

–Sí.

–Bien. Me gusta pintar, pero prefiero que la pintura vaya a parar a las ventanas, no a mí.

Kelly sacó el vino de la nevera mientras Micah calentaba la pasta. Tomó dos copas de un armario y las llenó antes de sentarse a la mesa de roble redonda.

Una vez allí, se preguntó por qué resultaba tan

sensual ver a un hombre cocinando. Sean ni siquiera había sabido encender el fuego, pero Micah parecía seguro de sí mismo y cómodo con la espátula en la mano. Eso le hizo preguntarse qué otros talentos tendría. Hacía mucho tiempo que no sentía aquel calor. Si su amiga Terry hubiese sabido lo que estaba pensando en aquellos momentos, habría sido capaz de dar una fiesta. La idea la hizo sonreír.

–Huele bien.

Él la miró por encima del hombro.

–Es fácil preparar pasta, con unas hierbas, ajo, aceite de oliva y queso siempre está buena. También le he puesto carne porque me gusta la carne.

–A mí también –respondió Kelly, dándole un sorbo a su copa.

–Me alegra que no seas de esas que se conforma con una ensalada sin aliñar.

–Una buena ensalada no tiene nada de malo.

–Siempre y cuando lleve algo de carne.

–¿Cómo es que sabes cocinar?

–Aprendí para no morirme de hambre. Cuando vives solo, aprendes a cocinar.

–Entonces, ¿vives solo?

–¿Has visto a alguien más en los dos últimos meses?

–No –admitió Kelly sonriendo–, pero escribes novelas de misterio. Podrías haber matado a tu novia.

–Podría –dijo él–, pero no lo he hecho. Solo cometo crímenes en mi ordenador.

–Me alegra oírlo –le contestó ella sonriendo.

Y también le alegró que hubiese respondido a sus bromas.

–Entonces, ¿no tienes novia ni mujer?

Él siguió removiendo la pasta y la miró.

–Esa es una pregunta típica de una mujer.

–Bueno, es que yo soy una mujer. También es muy masculino responder sin responder. ¿Quieres volver a intentarlo?

–No.

–¿No quieres responder o la respuesta es negativa?

Él esbozó una sonrisa.

–No debería ponerme a discutir con una mujer. Ni siquiera siendo escritor tengo posibilidades de ganar.

–Qué comentario tan agradable.

Él rcsopló.

–La respuesta es no. No tengo esposa, ni novia. Ni es algo que me interese.

–Entonces es que eres homosexual –respondió Kelly.

–No.

–¿Seguro?

–Por supuesto.

–Me alegro –dijo ella, dando otro sorbo a su copa–. Yo, tampoco.

–También me alegro –le respondió Micah, mirándola fijamente.

Kelly sintió calor y sintió que tenía la garganta seca, así que volvió a beber vino para aliviarla.

–¿Desde cuándo eres escritor?

–¿Escritor o escritor al que le publican novelas?

–¿No es lo mismo?

Él se encogió de hombros, sirvió la pasta y llevó los platos a la mesa. Se sentó enfrente de ella y dio un sorbo a su copa antes de volver a hablar.

–A lo largo de los años he escrito muchas historias que nadie leerá jamás.

–Interesante.

–No mucho. En cualquier caso, hace diez años que me publican.

–No leo tus libros.

Micah arqueó una ceja.

–Gracias.

Kelly sonrió.

–Lo que quería decir es que leí uno hace años y me dio tanto miedo que no he leído más.

–Gracias, no podrías haberme hecho un cumplido mejor. ¿Qué libro fue?

–No recuerdo el título –le dijo ella, probando la pasta–. Trataba de una mujer que buscaba a su hermana y, en vez de encontrarla, encontró a su asesino.

–Entonces era, *Peligro relativo.* Mi tercer libro.

–El primero y último para mí. Me pasé dos semanas durmiendo con la luz encendida.

–Gracias –repitió él–. ¿Leíste el libro entero? ¿O paraste a la mitad porque te daba miedo?

–¿Quién para en mitad de un libro? –preguntó ella indignada–. No, lo leí entero y, a pesar de que daba miedo, terminaba bien.

–Gracias de nuevo.

–De nada. La pasta está muy buena –añadió ella–. ¿Te enseñó a cocinar tu madre?

El gesto de Micah se puso rígido. Bajó la vista y murmuró:

–No, aprendí solo.

Ella se dio cuenta de que había puesto el dedo en la llaga con el comentario. No iba a indagar más, porque a ella también había temas que le dolían.

–¿Cómo va tu libro? El que estás escribiendo ahora, quiero decir.

Micah frunció el ceño antes de responder.

–Más despacio de lo que me gustaría.

–¿Por qué?

–Haces muchas preguntas.

–Es el único modo de obtener respuestas.

–Cierto. Va despacio porque la historia transcurre en un pueblo y yo no conozco la vida en los pueblos.

–¿Cómo? Si estás en uno.

–Sí. Por eso vine aquí. Me lo sugirió mi agente, que había estado aquí hace un par de años, esquiando. Pensó que me vendría bien estar aquí.

–¿Aquí, en esta casa?

–Sí.

–¿Cómo se llama?

–Sam Hellman. Pasó una semana aquí con su esposa, Jenny.

–Sí, me acuerdo de ellos. Ella era guapa y dulce y él, gracioso.

–Sí.

Kelly dio otro sorbo a su copa.

–Pues me alegro de que tu agente estuviese a gusto aquí. El boca a boca es la mejor publicidad.

–También para los libros –comentó Micah.

–Si quieres inspirarte en el pueblo deberías salir más de casa.

Él se dedicó a comer durante un par de minutos y después respondió:

–Salir no me ayuda a escribir.

Kelly se encogió de hombros y dejó su copa.

–Pero no puedes conocer el pueblo si te limitas a mirar por la ventana. Y si no sabes cómo es la vida aquí, no vas a tener nada que escribir, ¿no?

–Aunque no me guste, tienes razón.

Kelly sonrió.

–En ese caso ya tengo dos puntos. Voy ganando.

Él se echó a reír.

–Eres muy competitiva, ¿no?

–No sabes cuánto –admitió ella–. Mis abuelos se volvían locos conmigo. Siempre quería ser la primera de la clase, la que más rápidamente corría o…

–¿Tus abuelos todavía viven aquí?

–No. Mi abuelo falleció hace seis años y mi abuela se mudó a Florida, a vivir con su hermana, al año siguiente. Cuando mi marido falleció, hace cuatro años, mi abuelo vino para pasar unas semanas conmigo.

–¿Estuviste casada? –preguntó él en voz baja, como si no supiese qué más decir.

Aquello no la sorprendió. Algunas personas le daban el pésame inmediatamente, Kelly no sabía si porque era lo socialmente correcto o porque no sabían qué otra cosa decir.

Lo miró a los ojos.

–Sean falleció en un accidente de esquí.

–Debió de ser duro.

–Sí. Y gracias por no decirme que lo sientes. Todo el mundo lo dice, aunque no tenga nada que sentir. Y yo siento que tengo que hacer algo para arreglarlo. Total, que la situación siempre es muy incómoda.

–Ya, lo entiendo.

Su expresión era comprensiva y a Kelly le pareció bien. No le era fácil mantener una conversación acerca de la muerte de su marido.

–No pasa nada. Quiero decir, que nadie sabe realmente qué decir, así que no te preocupes.

Dio otro sorbo a la copa para intentar tragarse el nudo que tenía en la garganta.

–El caso es que a mi abuela le costó volver a Florida, no quería abandonarme. Y a mí me encanta que me quiera tanto, pero no quiero preocuparla ni ser una carga.

Tomó aire y sonrió.

–Mi abuela sigue preocupada, así que si no la convenzo de que estoy bien, volverá para hacerme compañía.

–¿Y eso es malo?

Kelly lo miró fijamente.

–Sí, es malo. Ella está estupendamente en Florida. Merece disfrutar, no tener que volver a casa para cuidar de una nieta ya adulta.

Micah asintió y se echó hacia atrás en la silla, sin apartar la mirada de ella.

–Eso es cierto. Así que sabes lo que quieres. ¿Cómo lo vas a conseguir?

Buena pregunta.

–Todavía no lo sé –admitió sonriendo–. Tengo una vida fascinante, pero ya hemos hablado bastante de mí. ¿Cuál es tu historia?

–¿Qué quieres decir?

–A ver, para empezar, ¿has estado casado?

–No.

Kelly se quedó mirándolo fijamente y esperó. Tenía que haber algo más que un mero no.

Por fin, Micah frunció el ceño y añadió:

–He estado prometido una vez.

–Prometido, pero no casado. ¿Qué ocurrió?

–No nos casamos –respondió con gesto tenso.

–Teniendo en cuenta que eres escritor, que se supone que se te dan bien las palabras, no eres demasiado hablador.

–Los escritores escriben. Y, además, los hombres no somos habladores.

–Pero habláis.

–Yo estoy hablando.

–Pero no dices mucho –insistió Kelly.

–Tal vez no tenga mucho que decir.

–No te creo. Tienes más que decir, pero no quieres compartirlo.

Él abrió la boca para decir algo, probablemente para protestar, pero Kelly lo interrumpió con otra pregunta.

–Vamos a intentarlo de otra manera. Eres escritor y viajas por todo el mundo, pero ¿dónde está tu casa?

–Aquí –respondió él, concentrándose en la pasta y evitando mirarla.

–Sí, ahora, pero, ¿y antes? ¿De dónde eres?

–Originariamente, de Nueva York.

–¿Y ahora, dónde está tu casa, que no sea esta?

–En todas partes –respondió Micah–. Voy de un sitio a otro.

Kelly no había esperado aquella respuesta. Todo el mundo era de algún lugar.

–¿Y tu familia?

–No tengo familia.

Micah se puso en pie, llevó su plato al fregadero y volvió a por la copa de vino y se la llevo a los labios.

–Y tampoco suelo hablar de ese tema.

El mensaje era claro y Kelly no pudo evitar sentirse decepcionada. Desde la muerte de Sean no había sentido interés por ningún hombre. Y, por un instante, mientras cenaba con Micah, había sentido que conectaban, pero ya no lo sentía. A juzgar por la expresión de su rostro, Micah estaba esperando a que le hiciese más preguntas y, dado que Kelly odiaba ser predecible, se limitó a decir:

–Está bien.

–¿Sin más?

–Todo el mundo tiene secretos, Micah –le dijo

ella, encogiéndose de hombros–. Tienes derecho a tener los tuyos. ¿Por qué te sorprende tanto?

–Porque la mayoría de las mujeres me fusilan a preguntas.

–Pues es tu día de suerte, porque yo no soy como la mayoría.

–Ya me había dado cuenta –murmuró él.

Kelly sonrió mientras llevaba su plato al fregadero y después se dirigía a la puerta trasera de la casa. No quería marcharse, pero sabía que debía hacerlo. Si no, tendría la tentación de comportarse como cualquier otra mujer e intentar que Micah se abriese más, pero aquello no tenía sentido y, además, era lo que Micah esperaba de ella.

–Bueno, muchas gracias por la cena. Y por el vino.

Micah estaba justo detrás de ella.

–De nada.

Kelly abrió la puerta y se giró hacia él, y lo tenía tan cerca que estuvo a punto de chocar contra su pecho.

–Lo siento.

Pensó que tenía el pecho muy ancho. Y que desprendía calor. Y que olía muy bien.

Sacudió la cabeza y le sonrió.

–Deberías darme otro punto.

–¿Por qué?

–Por sorprenderte no haciéndote preguntas –le dijo, levantando tres dedos de la mano–. Te voy ganando tres a cero, que no se te olvide.

–De todos modos, tú no vas a permitir que se me olvide, ¿no?

–No. Y me alegro de que ya me conozcas tan bien.

–Eso pienso yo también –le respondió Micah, mirándola como si estuviese intentando solucionar un rompecabezas–. ¿Quieres seguir jugando? Pues añade esto también.

La tomó entre sus brazos y la besó.

Capítulo Cuatro

Kelly se encendió por dentro como una bengala que la iluminó y la calentó. Cerró los ojos y acercó su cuerpo al de él, que la abrazó con fuerza mientras Kelly apoyaba las manos en su cuello.

Hacía tanto tiempo que no la besaban que se sintió aturdida. Ya se le había olvidado las sensaciones que podía causar un beso. Dejó de pensar. No habría podido hablar ni aunque hubiese querido hacerlo. La lengua de Micah se entrelazó con la suya y ella gimió.

Se estaba quedando sin aire, pero no le importó. Quería seguir disfrutando de aquella sensación, era como si su cuerpo acabase de despertar de un coma. Sintió calor entre los muslos, sintió deseo y se apretó más contra él. Podría haberse quedado así toda la noche, pero Micah terminó el beso tan repentinamente como lo había empezado.

Apartó los labios de los suyos y la miró. Kelly lo vio borroso, se tambaleó y tuvo que apoyarse en el marco de la puerta para no caerse. Entonces se le empezaron a aclarar la mente y la visión, y su corazón se calmó un poco.

Micah todavía tenía una mano en su cintura y

cuando la miró a los ojos Kelly tuvo la sensación de que estos habían cambiado de color.

–Uno a tres, ¿no? –le dijo él en voz baja.

Y Kelly tuvo que hacer un esfuerzo por comprender lo que le decía.

–Sí, este punto es para ti.

Micah sonrió con satisfacción

Muy a su pesar, Kelly sonrió también.

–Te estás divirtiendo, ¿verdad?

–La verdad es que sí.

–Bueno, pero que no se te olvide que sigo teniendo tres puntos y tú solo uno.

Él dejó de sonreír y apartó la mano de su cintura.

–Pero el juego todavía no ha terminado, ¿no?

–Ni mucho menos –le respondió Kelly antes de echar a andar hacia su casa.

Sintió la mirada de Micah clavada en ella y notó calor. Tenía la sensación de que el juego no había hecho más que comenzar.

Y estaba deseando que empezase el segundo asalto.

Micah la observó durante diez largos segundos y después cerró la puerta con firmeza para evitar salir detrás de ella. Se sentía como un adolescente loco por una chica y eso no era aceptable. Era un hombre capaz de controlarse. No era una persona impulsiva. Se ceñía siempre a su plan de vida y ese plan no incluía a una viuda de un pequeño pueblo que sabía a gloria.

Quería más. Quería sentir su cuerpo pegado al de él, sentir los latidos de su corazón, el calor de sus brazos.

–Maldita sea.

Respiró hondo para tranquilizarse, pero todavía tenía su olor pegado a la piel.

Tenía el corazón acelerado y la sensación de que los pantalones vaqueros le apretaban demasiado. No sabía por qué se había abalanzado así sobre ella, pero no había podido contener las ganas de besarla. Si hubiese podido mantener la cabeza fría, no lo habría hecho, pero el problema era que cuando tenía a Kelly cerca no podía pensar.

–Tal vez Sam tenga razón –se dijo–. Tal vez una aventura sea la respuesta.

Tenía que hacer algo, porque si seguía así de tenso los cuatro meses que le quedaban allí no sería capaz de escribir nada.

Kelly atravesó el jardín, nerviosa después de aquel increíble beso. A medio camino se detuvo y miró hacia la enorme mansión.

Casi era de noche y la casa le pareció igual que cuando había sido niña, un lugar sacado de un cuento de hadas. Las paredes eran rojas con un ribete blanco y tenía tres chimeneas: la del salón, la de la habitación principal y la de la cocina. El enorme porche, salpicado de columpios, invitaba a sentarse y disfrutar de las vistas. Antes de ponerse del todo, el sol se reflejaba en las ventanas del segundo piso, haciéndolas brillar. En el piso de abajo, en el salón, se encendió una luz que indicó a Kelly dónde se encontraba Micah exactamente.

Ella se llevó una mano a los labios mientras clavaba la vista en aquella luz y se lo imaginó saliendo por la puerta principal y acercándose a ella para besarla otra vez.

–Eso no está bien... –se dijo, dándose la media vuelta y echando a andar de nuevo.

Su casa era una versión más pequeña de la mansión. Era del mismo color y también había sido construida un siglo antes, pero solo tenía un dormitorio, un baño, salón y cocina. Era perfecta para una persona y, normalmente, Kelly se sentía allí como si estuviese en un refugio.

Se había marchado de la mansión poco después de la muerte de Sean porque no había soportado las habitaciones vacías y el eco causado por sus pisadas. Allí, en aquella casa, se sentía protegida y segura y, en esos momentos, casi asfixiada. Pero eso se debía probablemente a que todavía tenía la sensación de tener una cinta muy apretada alrededor del pecho.

Se dejó caer en el sillón más cercano, pero no consiguió relajarse. Se dijo que tenía que hacerlo, pero no le resultó fácil. Micah Hunter besaba muy bien. Y Kelly no pudo evitar preguntarse cómo haría otras cosas... Estaba metida en un buen lío.

Y lo peor era que quería meterse todavía más.

Cuando sonó su teléfono móvil, se metió la mano

en el bolsillo, agradecida por la distracción. Entonces vio quién la llamaba y se sintió culpable. Se le había olvidado devolverle una llamada a su abuela.

Respiró hondo y se obligó a contestar alegremente:

–¡Hola, abuela! Lo siento, no he podido llamarte antes.

–No pasa nada, cariño –le respondió esta–. Espero que estuvieses pasándolo bien…

Kelly suspiró en silencio al oír el tono de voz de su abuela, que había estado preocupada por ella desde la muerte de Sean. De hecho, cada vez parecía estarlo más.

Ella llevaba meses intentando convencerla de que estaba bien. Feliz. Pero no lo conseguía porque lo único que quería su abuela era que se enamorase y volviese a casarse, que formase una familia. Y por mucho que Kelly le dijera que no necesitaba un marido, su abuela no perdía la esperanza.

Ni siquiera se habría sentido satisfecha si Kelly le hubiese hablado del beso que le acababan de dar, solo se quedaría tranquila si le dijese que Micah y ella se iban a casar…

De repente, volvió a pensar en la idea que había tenido un rato antes. Y tomó una decisión de la que esperó no tener que arrepentirse después.

–La verdad, abuela, es que estaba con mi prometido –espetó antes de que le diese tiempo a pensarlo mejor.

–¿Qué? Oh, Dios mío, eso es maravilloso.

La alegría de su abuela la hizo sonreír. En realidad, le estaba mintiendo, pero solo para tranquilizarla y que pudiese seguir disfrutando de la vida sin preocuparse por ella. No era como mentir con un objetivo propio, hacía aquello de manera completamente altruista.

–Cuéntamelo todo –le pidió su abuela–. ¿Quién es? ¿A qué se dedica? ¿Es guapo?

–Es Micah Hunter, abuela –le respondió ella–. El escritor que ha alquilado la mansión.

–¡Oh, un escritor!

–Es muy guapo y cariñoso –continuó mintiendo.

Guapo sí que era, pero ¿cariñoso? ¿Micah Hunter? Era sexy, eso sí. Y quisquilloso. Pero no lo había visto ser cariñoso. No obstante, Kelly sabía que aquello era lo que su abuela quería oír y, dado que le estaba mintiendo a la mujer que la había criado, lo mínimo que podía hacer era inventarse una buena mentira.

–¿Y cuándo ha ocurrido? –le preguntó su abuela–. ¿Cuándo te lo ha pedido? ¿Cómo es el anillo?

Antes de que a Kelly le diese tiempo a responder, su abuela tapó el teléfono y gritó:

–¡Linda, no te lo vas a creer! ¡Nuestra niña va a casarse con un escritor!

Kelly suspiró.

–Voy a poner el altavoz para que tía Linda también pueda oírte.

Estupendo. Kelly se alegró de no estar haciendo una videollamada.

–Ha sido esta noche –contestó, sabiendo que su abuela seguía hablando con sus amigas de Banner y que estas le dirían que, hasta entonces, no había ocurrido nada entre Kelly y Micah.

–¡Qué emocionante! –exclamó Linda.

–Cuéntanoslo todo –añadió su abuela–. Quiero todos los detalles.

–Me ha hecho la cena –explicó Kelly, consolándose con que al menos aquello era verdad–. Y me lo ha pedido cuando estábamos sentados en el porche.

–Oh, qué bonito –comentó su abuela suspirando.

Y Kelly se sintió fatal.

Ya se estaba arrepintiendo de haber mentido, pero no podía dar marcha atrás.

–Sí, muy bonito –respondió ella, pensando en que a su abuela le encantaban las novelas románticas–. Había flores en el porche y unas pequeñas luces blancas colgadas del techo. Y música –añadió–. Entonces, ha sacado una botella de champán, se ha puesto de rodillas y yo le he dicho que sí. Y nos hemos besado.

Micah la había besado hasta hacerla perder la cabeza. ¿Por qué si no se estaba inventando semejante historia?

¿Qué estaba haciendo?

–Bueno, me alegro mucho de oírlo –le dijo su abuela, resoplando.

–Para ya, Bella. La niña está feliz. Tú también deberías estarlo –se oyó decir a su hermana por detrás.

–Son lágrimas de felicidad, Linda, ¿no te das cuenta?

–Pero siguen siendo lágrimas. Para ya.

Kelly hizo una mueca. Se sentía devorada por la culpa.

–No le hagas caso a mi hermana –le dijo su abuela–. Ya sabes, cariño, que desde que perdiste a Sean he estado muy preocupada por ti.

–Lo sé.

Kelly se dijo que estaba haciendo lo correcto: tranquilizar a su abuela, hacerla feliz. No le hacía daño a nadie, ni siquiera a Micah, que solo iba a estar allí una temporada. Cuando se marchase, cuatro meses después, le diría a su abuela que habían roto.

–¿Por qué no le haces una foto al anillo y me la mandas?

–Todavía no lo tengo.

–¿No te ha regalado un anillo? –preguntó su abuela sorprendida.

–Micah quiere esperar a que vayamos a Nueva York para que lo escojamos juntos.

–¿A Nueva York? –preguntó Linda–. ¡Qué emocionante!

–Calla, Linda –le dijo Bella a su hermana–. ¿Cuándo vas a ir a Nueva York, cariño? ¿Me mandarás fotos? Me gustaría enseñárselas a las chicas del bingo.

–Por supuesto, abuela.

«Cállate ya, Kelly», se reprendió, pero era demasiado tarde.

–No sé cuándo vamos a ir… Micah tiene mucho trabajo y, además, ya viene Halloween y…

–Pues tendréis que encontrar tiempo para estar juntos –replicó su abuela con firmeza–. El trabajo siempre va a estar ahí, pero esta es una época especial para los dos.

Muy especial. Y todavía lo sería más cuando Kelly le contase aquello a Micah.

–¿Y por qué quiere comprar el anillo en Nueva York? ¿No hay anillos en Utah? –inquirió Linda.

–Bueno –respondió Kelly, improvisando sobre la marcha–, cuando le dije a Micah que nunca había estado en Nueva York insistió en llevarme en avión privado para enseñarme la ciudad. Así que vamos a esperar y comprar el anillo allí.

–Oh, ¿te lo imaginas, Linda? –susurró su abuela–. Un avión privado.

–Debe de ser muy rico –comentó Linda.

–Por supuesto que lo es –respondió Bella–. ¿No has visto sus libros por todas partes? No le digas que no los leemos porque dan mucho miedo, cariño.

–No te preocupes, no se lo diré –le prometió Kelly.

–Hace poco he visto un documental acerca de esos aviones privados –continuó tía Linda–. Tienen hasta dormitorios, se podría vivir en uno.

Kelly ya no soportaba más aquello. Se levantó de la silla y fue a la cocina. Sacó de la nevera una botella de vino blanco y se sirvió una buena copa.

–Bueno –continuó su abuela, discutiendo con su

hermana–. No van a vivir en un avión, y en el dormitorio mejor ni pensar.

–No tiene nada de malo un buen revolcón –replicó Linda–. A ti te vendría bien uno.

Kelly dio un buen sorbo al vino. No quería saber nada acerca de la vida sexual de su abuela, ni de su tía.

–¿Por qué dices eso? –inquirió Bella–. Qué tú no tengas valores morales…

–Tengo valores –replicó Linda–, pero no me impiden pasar un buen rato.

Kelly pensó que aquella discusión podía durar toda la noche, pero que mientras discutiesen entre ellas, no la interrogaban. Ya era algo.

Se preguntó cómo iba a contarle aquello a Micah.

Miró por la ventana de la cocina, hacia el jardín y hacia la casa en la que estaba el hombre que estaba viviendo en ella, y que no sabía que estaban prometidos. Estaba metida en un buen lío.

–¿Cuándo va a ser la boda? –preguntó Linda de repente.

–Es mi nieta –espetó Bella enfadada–. Aquí la que hace las preguntas soy yo. Cuando Debbie esté prometida, te tocará a ti. Kelly, cariño, ¿cuándo es la boda?

Debbie, la prima de Kelly, ya había dicho que no iba a casarse con su novia jamás porque si no las dos abuelas iban a volverla loca. Y Kelly la entendía. Ella ya había tenido una boda en la que su abuela había querido hacer planes que cambiaban constantemente. Si algún día volvía a casarse, lo haría en secreto. En las Vegas, por ejemplo.

Pero en esos momentos su abuela estaba esperando una respuesta y, dado que Kelly no podía decirle la verdad, dijo otra mentira.

–La boda va a tardar un tiempo –respondió, dando otro sorbo a la copa–. Micah está trabajando en un libro y tiene más cosas que hacer…

Qué más haría un escritor, aparte de escribir.

–Tiene que documentarse para su próximo libro, así que no vamos a poder casarnos hasta, por lo menos, dentro de seis meses o un año. Todo dependerá del trabajo de Micah.

–Estupendo –respondió su abuela–. Así tenemos tiempo para planear la boda. Os casaréis en casa, por supuesto…

–Por supuesto –respondió Kelly, poniendo los ojos en blanco.

–¿Por qué no venís a casaros aquí, a Florida? Podríais casaros en la playa, el próximo verano.

–No sé, tía Linda…

–¿Casarse en una playa? –inquirió su abuela–. La arena se mete en los zapatos y el viento despeina a todo el mundo.

–Es tan romántico –insistió Linda.

–Es un lugar sucio –replicó Bella.

–Dios mío –murmuró Kelly en voz muy baja para que no la oyeran.

Volvió al salón, se dejó caer en un sillón y escuchó cómo discutían las dos hermanas.

Aprovechó para pensar en cómo le iba a contar aquello a Micah. Sabía que, en cuanto colgase el teléfono, su abuela llamaría a sus amigas de Banner para compartir la feliz noticia. Y que a Micah le iban a llover las preguntas.

Micah se despertó enfadado. Había dormido muy poco con tanto pensar en Kelly Flynn.

–Es todo culpa tuya –se reprendió–. Si no la hubieras besado…

Todavía tenía el sabor de su boca en los labios. Y Kelly había respondido de manera tan ardiente que había tenido que hacer un enorme esfuerzo para apartarla y dejarla marchar.

Se maldijo. Aquella mujer llevaba dos meses volviéndolo loco. Era sexy, inteligente y lista, capaz de volver loco a cualquier hombre.

–Pero a mí, no –murmuró mientras salía de la cama, enfadado consigo mismo y con ella también.

Se metió en la ducha con la esperanza de salir de ella más relajado, pero no funcionó.

Se dijo que no quería ni necesitaba a ninguna mujer, pero entonces se dio cuenta de que tal vez estuviese equivocado. Si tan obsesionado estaba con su casera tal vez fuese porque llevaba demasiado tiempo sin estar con una mujer.

–Por eso no puedo dejar de pensar en una mujer que ni siquiera sabe cuándo tiene la cara manchada de pintura naranja.

Se secó y salió al dormitorio, sin molestarse en afeitarse. Había dormido tan poco aquella noche que corría el riesgo de cortarse.

–Lo que necesito es sacármela de la cabeza y ponerme a trabajar.

Se puso unos vaqueros negros y una camiseta verde oscura. No se molestó en calzarse. Fuera hacía un día gris y frío, pero la casa estaba caliente. Lo que quería era tomarse un café y estar tranquilo para poder escribir otro asesinato.

Abrió la puerta del dormitorio y le llegó el inconfundible olor a café, a beicon y a tostadas.

–¿Qué clase de ladrón entra en una casa y te prepara el desayuno?

Bajó las escaleras, pisando con los pies descalzos la moqueta azul, sin hacer ruido. Llevaba allí dos meses y todavía se sentía como un extraño.

Aunque no tuviese de qué quejarse. La casa estaba reformada, tenía todas las comodidades y las vistas eran muy bonitas. Pero no estaba acostumbrado a tener tanto espacio. Ni tanto silencio. Aunque los escritores tenían que hacer su trabajo en solitario.

No obstante, incluso las personas solitarias necesitaban estímulos de vez en cuando. Y estar solo en una casa en la que cabía una familia muy numerosa podía resultar un poco inquietante. Aunque, como escritor de novelas de terror, la casa era un buen lugar, su aislamiento y los bosques que había detrás de la propiedad conformaban un escenario perfecto para un libro.

Se detuvo al llegar al final de las escaleras y murmuró:

–Por supuesto que puedo utilizar esta casa. ¿Por qué no estoy haciéndolo?

Llegó a la cocina guiado por los deliciosos olores que salían de ella mientras pensaba en los cambios que iba a hacer en su novela.

Sería una fría noche de invierno, la heroína estaría encerrada en su habitación, con la chimenea encendida, mientras fuera caía aguanieve.

–Sí, me gusta.

Llegó a la puerta de la cocina, entró y se quedó de piedra. Kelly estaba preparando huevos revueltos. El sol de la mañana hacía brillar su pelo rojizo. Llevaba puestos unos pantalones de yoga negros que se pegaban a su cuerpo y botas negras. La camiseta verde de manga larga tenía dos botones desabrochados y Micah creyó ver lo que parecía un sujetador de encaje rosa debajo de ella.

Volvió a excitarse de repente. Tragó saliva y contuvo un gemido. ¿No había tenido suficiente con atormentarlo toda la noche? ¿Qué hacía allí de buena mañana? ¿Estaba cocinando? Él lo que necesitaba era un café.

Y la única manera de conseguirlo era lidiando con la mujer que le sonreía.

Capítulo Cinco

–¿Qué estás haciendo?

–Cocinar –respondió ella sonriendo, y Micah sintió que toda la sangre de la cabeza le bajaba a la entrepierna.

Kelly bajó el fuego, se acercó a la cafetera, le sirvió una taza y se la acercó.

–He preparado el desayuno –añadió en tono alegre, pero su mirada era de preocupación e hizo que Micah se pusiese alerta.

En cualquier caso, pensó que necesitaba aquel café, así que le dio un sorbo y sintió que su cuerpo por fin despertaba. ¿Cómo era posible que hubiese personas que sobrevivían sin café?

Dio otro sorbo más, y otro, y por fin tuvo la fuerza necesaria para preguntar:

–¿Por qué?

–¿Por qué qué?

Él arqueó una ceja.

–¿Por qué estás aquí? ¿Por qué estás cocinando?

–Es un gesto de buena vecindad –respondió ella.

Pero Micah no la creyó.

–Sí, claro. Llevo aquí dos meses y esta es la primera vez que me preparas el desayuno.

–Pues fatal por mi parte –respondió ella, volviendo a los huevos y evitando su mirada.

Micah pensó que aquella no era buena señal.

–No se te da bien mentir.

–Tienes razón. La verdad es que necesito hablar contigo, pero mejor después del desayuno, ¿de acuerdo?

Él tomó una loncha de beicon, le dio un mordisco y la masticó. Cuando se la hubo tragado, la miró fijamente y dijo:

–Ya he comido. Ahora, dime qué ocurre.

Kelly respiró hondo, apagó el fuego y dijo:

–Necesito un marido.

Él se dijo que no había tomado suficiente café, pero respondió:

–Pues buena suerte.

–Bueno, no, en realidad no necesito un marido, sino solo un prometido.

–Pues vuelvo a decirte lo mismo: buena suerte.

Fue a rellenarse la taza de café y pensó seriamente en bebérselo directamente de la cafetera.

–Micah, necesito que finjas ser mi prometido.

Después de haber dicho aquello, tomó su taza de café y le dio un sorbo.

Él se apoyó en la encimera de granito y notó la piedra fría a través de la camiseta, calándole hasta los huesos. Cruzó los pies descalzos a la altura de los tobillos, agarró con fuerza la taza y la miró.

–Me parece una reacción exagerada, después de un beso.

–¿Qué? –preguntó ella, ruborizada–. No tiene nada que ver con el beso. Aunque tengo que admitir que fue lo que me dio la idea…

–¿Cómo? –inquirió Micah, más confundido que nunca.

–Esto es más difícil de lo que había imaginado –respondió Kelly, sentándose a la mesa, tomando una loncha de beicon y dándole un mordisco–. Ni siquiera sé cómo decírtelo sin que parezca una locura.

–Te voy a ayudar. Cuéntamelo. No me mientas ni intentes edulcorarlo, sea lo que sea. Suéltalo.

–No iba a mentirte.

–Bien. Mucho mejor así.

–Está bien.

Dio otro sorbo a la taza y entonces empezó a hablar:

–Anoche, al llegar a casa, me llamó mi abuela y me dijo que iba a volver a casa porque no quiere que esté sola y yo, sin pensarlo, le dije que no tenía de qué preocuparse porque tenía novio. Tú.

Micah sacudió la cabeza. Había querido oír la verdad. Y, objetivamente, como escritor, estaba deseando oír el resto de la historia, porque prometía ser muy buena. Tomó otro trozo de beicon y lo mordió.

Kelly tenía los ojos verdes brillantes y la barbilla levantada, desafiante, pero se estaba mordiendo el labio inferior, por lo que estaba nerviosa.

–Tienes que comprender, Micah, que mi abuela es la única familia que tengo, y que se quedó muy triste cuando mi abuelo falleció. Entonces se marchó a Florida con su hermana, mi tía Linda, y volvió a ser feliz. Cuando Sean murió vino a casa para estar conmigo y empezó a preocuparse por mí, volvió a tener la mirada triste. ¿Lo entiendes?

Micah no lo entendía. Él no tenía familia. No tenía una relación tan estrecha con nadie, así que no sabía cómo habría reaccionado él en el lugar de Kelly, pero le bastaba mirarla para saber que estaba emocionalmente dividida.

–La convencí de que volviese a su vida diciéndole que necesitaba estar sola, y era cierto. Y estar lejos de aquí y de los recuerdos, mi abuela volvió a ser feliz. Pero ahora está decidida a volver para protegerme. Quiere sacrificar su propia felicidad porque piensa que así va a aliviar mi sufrimiento.

–¿Pero tú eres infeliz? –le preguntó Micah.

–Por supuesto que no.

Dio un sorbo a su café.

–Bueno, es cierto que, en ocasiones, me siento sola, pero a todo el mundo le ocurre, ¿no?

Él no respondió. ¿Qué podía responder? Kelly tenía razón. Él también se sentía así de vez en cuando y deseaba tener con quién hablar. A quién aferrarse. Pero esos momentos pasaban y entonces se daba cuenta de que su vida era tal y como a él le gustaba.

–Cuando le dije que estábamos prometidos… Se puso tan contenta, Micah… Y entonces la bola se fue haciendo más grande.

–¿Qué quieres decir?

–Que le conté lo romántica que había sido tu petición de mano…

–¿Qué hice?

Micah sentía curiosidad. No podía evitarlo. Todo aquello le parecía surrealista. Era como ver una película o leer un libro acerca de otra persona.

–Organizaste una romántica cena, con velas, flores y música. Había hasta lucecitas blancas en el techo del porche.

–Soy estupendo –le dijo él, imaginándose la escena.

Kelly suspiró.

–Te estás burlando de mí.

–En absoluto.

–Bueno –continuó ella, tragando saliva–. Después te arrodillaste y me pediste que me casara contigo. No me regalaste anillo porque querías que fuésemos juntos a Nueva York a escogerlo.

–Todo un detalle por mi parte.

–Para ya –replicó Kelly–. Me siento fatal por lo que hice, pero me preocupaba que mi abuela se presentase aquí en el primer vuelo…

Enterró el rostro entre las manos y añadió:

–Ahora todo es un lío y si la llamo y le digo que lo que le he contado no ocurrió, va a pensar que le he mentido…

–Pero es que le has mentido.

Ella levantó el rostro para mirarlo.

–Ha sido una mentira pequeñita.

–Entonces, ¿el tamaño importa?

–¿Cómo puedes hacer bromas en semejante situación? –le preguntó Kelly.

–¿Qué quieres que haga? ¿Que me ponga furioso? Eso no cambiaría lo que le has contado a tu abuela. Pero nunca he comprendido por qué la gente piensa que las pequeñas mentiras no importan. Mentir nunca es la respuesta.

–¿Don Perfecto nunca miente? –inquirió ella.

–No soy perfecto –respondió Micah–, pero no, nunca miento.

–¿Nunca has tenido que mentir para proteger a un ser querido?

Dado que había pocas personas que le importasen en su vida, la respuesta era no. Micah no mentía. La mentira de su madre, que le había dicho que volvería a buscarlo, todavía le dolía. Y jamás le haría a nadie lo que esta le había hecho a él con aquella mentira destinada, sin duda, a intentar hacer que se sintiese mejor con el hecho de ser abandonado.

Se pasó una mano por el rostro. Era demasiado temprano para hablar de aquello y tal vez fuese el motivo por el que no estaba enfadado. Sí que se sentía confundido. Y molesto. Pero no furioso. Una parte de él pensaba que debía sentirse furioso. Estaba acostumbrado a que intentasen utilizarlo, era lo que ocurría cuando uno era rico y famoso, y nunca había tenido problemas para deshacerse de aquellas personas.

Pero Kelly era distinta. La miró y se dio cuenta de que estaba preocupada. ¿Por qué se sentía tan reacio a decepcionarla? ¿Por qué iba a darle el beneficio de la duda cuando no se lo daba a nadie? Kelly le había mentido a su abuela, no podía fiarse de ella, y, no obstante…

–¿Por qué yo? –le preguntó de repente.

Se levantó, se acercó a la cafetera y la llevó a la mesa. Llenó las tazas de los dos y dejó la cafetera sobre un paño doblado.

–Seguro que podrías haber elegido a alguien de aquí, alguien que conozca a tu abuela y que quiera ayudarte con esto.

Kelly dio un sorbo a su taza.

–¿Por qué tú? ¿A quién iba a meter en esto? Mi abuela conoce a todo el mundo en el pueblo. No se creería que, de repente, me hubiese enamorado de Sam, el tipo de la ferretería. Ni de Kevin, el dueño de la cafetería. Si hubiese tenido una relación con alguien del pueblo, sus amigas ya se lo habrían contado.

Micah se dio cuenta de que Kelly tenía razón.

–Sin embargo, tú eres un misterio –continuó ella–. Mi abuela sabe que un escritor famoso ha alquilado la casa, pero nadie en el pueblo ha podido contarle nada de ti. Casi no sales, así que podríamos haber tenido un tórrido romance entre estas cuatro paredes durante los dos últimos meses.

¿Un tórrido romance? Ya nadie hablaba así, pero a Micah aquellas palabras le cortaron la respiración unos segundos, le excitaron. Intentó pensar en otra cosa y se obligó a concentrarse en lo que Kelly le estaba contando.

Kelly no había hecho aquello porque fuese rico ni famoso. Lo había escogido porque en su pueblo nadie lo conocía y su abuela creería la mentira. Cualquier otro hombre que hubiese alquilado la casa le habría valido. Eso le hizo sentirse mejor y peor al mismo tiempo.

–Por eso te elegí a ti. Porque eres perfecto.

«Perfecto», pensó Micah. «Y práctico».

–¿Y por qué debería yo continuar con la farsa? –le preguntó solo por curiosidad, no porque estuviese dispuesto a hacerlo.

–¿Por hacerme un favor? –le sugirió Kelly–. No sé… ¿porque eres un ser humano maravilloso, todo lo contrario que yo, y te doy pena?

Él resopló.

Kelly suspiró y frunció el ceño.

–Micah, sé que es mucho pedir, pero esto es muy importante para mí. Mi abuela es feliz en Florida. Tiene amigas, vive bien con su hermana. Está disfrutando y no quiero que renuncie a todo por mí.

Él se dio cuenta de que era sincera, lo vio en sus ojos, en su tono de voz. Y se preguntó cómo sería querer tanto a alguien como para estar dispuesto a hacer cualquier cosa para hacer feliz a esa persona. Él nunca lo sabría.

Al fin y al cabo, había roto su compromiso porque no había confiado en la que iba a ser su futura mujer. No había creído en su amor porque aquella mujer no lo había conocido de verdad. Él no le había permitido que lo conociera.

Y, no obstante, estaba considerando volver a comprometerse. Teniendo como base una mentira.

–Micah, no quiero nada de ti.

Él se echó a reír.

–Salvo que nos comprometamos para engañar a una anciana, que finjamos estar enamorados, que vaya a Nueva York a comprarte un anillo…

–Bueno, sí, quiero que finjas que me quieres, pero no hace falta que tú le mientas a mi abuela.

–Solo al resto de la gente del pueblo.

–Sí, pero no tenemos por qué ir a Nueva York ni habrá anillo. Yo pospondré el viaje cuando hable con mi abuela y…

–Más mentiras.

–No, no voy a contarle más mentiras, solo voy a continuar en la línea original –argumentó Kelly–. Si piensas que quiero engañar a mi abuela, te equivocas. La quiero. Solo hago esto porque pienso que es lo mejor para ella.

Micah bebió su café mientras notaba la mirada de Kelly clavada en él. Como si pudiese doblegarlo solo con mirarlo. Y estaba funcionando. Al fin y al cabo, seguía allí, escuchándola.

Kelly debió de darse cuenta de que estaba dudando, porque se inclinó hacia él con los codos apoyados en la mesa. ¿Sabría que así se le abría la blusa y le permitía ver la curva de sus pechos?

–Firmaré lo que quieras, Micah –continuó–. Sé que habrá muchas personas que han intentado conseguir cosas de ti…

A él le sorprendió que le hubiese leído el pensamiento.

–Pero yo, no. De verdad que no quiero nada de ti. Será solo un falso compromiso.

En su experiencia, todo el mundo quería algo, pero Micah no pudo evitar sentirse intrigado.

–¿Y cuando me marche? ¿Qué pasará?

–Entonces le diré a mi abuela que hemos roto. Se disgustará, pero yo habré ganado algo de tiempo. Tal vez se me ocurra después la manera de convencerla para que se quede en Florida para siempre, aunque yo no vaya a casarme.

A Micah no le gustó la idea, pero pensó que tampoco tenía nada que perder. Solo estaría allí cuatro meses más, después se marcharía para siempre. Y tenía que admitir que, cuanto más miraba a Kelly, cuanto más veía la preocupación en sus ojos y la oía en su voz, más quería ayudarla. No analizó los motivos porque estaba seguro de que las respuestas no le iban a gustar.

–Está bien –dijo, antes de poder arrepentirse.

–¡Bien! –gritó Kelly.

Rodeó la mesa y le dio un fuerte y rápido abrazo. Luego se incorporó y le dijo sonriendo:

–Es estupendo. Gracias, Micah. Muchas gracias.

El abrazo le provocó tanto calor que se dijo que tenía que alejarse de Kelly lo antes posible.

–Sí –dijo, levantándose y dejando la cafetera en su sitio. Luego la miró–. ¿Qué tengo que hacer exactamente?

–No mucho –le aseguró ella, acercándose–. Solo actuar como si estuvieses loco por mí cuando haya alguien cerca.

–Ah.

Micah pensó que aquello sería fácil. No estaba enamorado de ella, por supuesto, pero le gustaba. La deseaba mucho, así que podía actuar así porque era lo que sentía.

No quería una esposa ni una novia, pero sí que quería tener a Kelly en su cama, más que nada en el mundo.

Ella lo miró como si se sintiese insultada.

–Venga, no pongas esa cara de susto. No va a ser tan duro.

–No, no, creo que lo soportaré –respondió él, hipnotizado con sus ojos verdes.

Kelly apoyó una mano en su brazo y Micah volvió a sentir calor.

–Te lo agradezco mucho, Micah. Sé que es extraño, pero…

–No te preocupes, lo entiendo.

No era cierto. No lo entendía. No sabía lo que era tener una familia porque nunca la había tenido, pero, como escritor, podía ponerse en el lugar de otro, eso sí que sabía hacerlo. Llevaba años metiéndose en la mente de asesinos y víctimas, de padres e hijos.

Pero no conseguía ponerse en el lugar de Kelly. Era la mujer más misteriosa que había conocido jamás.

No era Kelly la única que lo confundía. También

lo confundía la reacción de su cuerpo cuando la tenía cerca.

Y no le gustaba la sensación.

Un par de horas después, Kelly estaba en casa de Terry, aunque habría deseado estar en cualquier otro lugar.

–Te pregunté si teníais una aventura y me dijiste que no –comentó su amiga–, pero te has prometido. No tiene ningún sentido.

Siempre se sentía a gusto sentada en el cómodo sofá del salón de Terry, bebiendo té y comiendo galletas. En realidad, era lo que necesitaba en esos momentos. Casi hacía que se le olvidase lo que Terry le estaba diciendo.

–Es una locura, lo sé –le respondió.

–Me alegra que seas capaz de darte cuenta de que te has vuelto loca.

–No me estás ayudando.

–Por supuesto que no. ¿En qué estabas pensando? Ni siquiera sabes dónde te has metido y es un callejón sin salida.

Kelly ya sabía aquello, pero oírselo a otra persona hizo que se sintiese peor. No sabía cómo se le había podido ocurrir aquella idea. Ni sabía por qué había accedido Micah a ayudarla.

De hecho, esa mañana había empezado a hablar con él con la certeza de que le iba a contestar con una negativa. No obstante, había visto cómo su actitud cambiaba poco a poco y todavía no podía creer que le hubiese dicho que sí. Era todo un desastre, pero al menos su abuela estaría un tiempo contenta.

–Tenías que haber oído a mi abuela, Terry –comentó–. Se puso tan contenta cuando le dije que tenía novio.

–Claro… hasta que rompáis.

–Lo sé, pero, mientras tanto, tendré tiempo para pensar en cómo conseguir que deje de preocuparse por mí.

–Espero que tú próximo plan sea tan divertido como este.

Kelly tomó una galleta de limón cubierta con caramelo. Terry hacía las mejores galletas del mundo.

–Eres mi mejor amiga, Terry, deberías ponerte de mi lado.

–¿Y si quisieras robar un banco o tirarte por un barranco, ¿también debería animarte a hacerlo?

–No es lo mismo…

–Lo siento. Rechazas una cita a ciegas y luego vas y te prometes.

–Es un falso compromiso.

–Mira, estoy de tu parte, de verdad, Kelly. El problema es que no sé dónde estás exactamente tú.

–Yo tampoco, no sé si eso te hará sentir mejor.

No obstante, Kelly seguía pensando que aquello era lo mejor que podía hacer. Su abuela estaba feliz.

Y a Micah le parecía bien. Bueno, tal vez no fuese aquella la mejor manera de decirlo. Se había resignado. Y ella había conseguido lo que quería: aliviar las preocupaciones de su abuela.

Con respecto a tener que fingir que sentía algo por él delante de sus vecinos, no habría problema, podía simular que estaba enamorada de él. Solo tendría que mantener presente que no era verdad.

Porque tenía que admitir que su beso la había desarmado por completo. Solo de pensar en él se volvía a excitar.

Así que debía tener mucho cuidado.

Se metió el trozo que le quedaba de galleta en la boca y cuando lo hubo tragado añadió:

–Bueno, vamos a cambiar de tema.

–No he terminado –le advirtió Terry.

–Pues ya seguiremos hablando de esto más tarde. ¿Vas a ayudarme con el montón de planchas de madera contrachapada que tengo que recoger o no?

–Por supuesto –le respondió su amiga, levantándose del sofá–. Primero te prometes y después construyes una casa encantada. Es lo más normal del mundo.

Kelly tomó otra galleta antes de que Terry recogiese el plato y las tazas para llevarlo todo de vuelta a la cocina.

–Y seguro que te quieres llevar las galletas que han sobrado a casa –le dijo Terry.

–Me encantaría –admitió ella–. Gracias, eres la mejor amiga del mundo porque siempre estás a mi lado y solo quieres lo mejor para mí.

Terry se echó a reír.

–Te las pondré en una bolsa.

–Gracias –le dijo Kelly sonriendo–. Y, con respecto a tu anterior comentario, te diré que la normalidad está sobrevalorada.

No obstante, mientras esperaba a su amiga se puso seria y empezó a darle vueltas a la cabeza. Pensó en Micah y se le encogió el estómago.

Tal vez aquel falso compromiso no fuese tan buena idea.

Capítulo Seis

Micah salió de la casa en cuanto vio a las dos mujeres con las planchas de madera contrachapada en la parte trasera del jardín.

–Y yo que quería escribir… –murmuró, pensando que tenía que decirle a Sam que si el libro salía tarde sería por su culpa.

¿Cómo iba a trabajar si Kelly no dejaba de interrumpirlo? Aunque no estuviese allí, no podía dejar de pensar en ella, lo que interfería en su concentración.

Mientras se acercaba, se fijó por primera vez en que la camioneta de Kelly estaba muy vieja. La chapa roja se había decolorado y tenía manchas de óxido en la parte baja, causadas seguramente por la sal que se utilizaba en invierno para derretir la nieve de la carretera. Además, estaba abollada en la parte derecha, y Micah pensó que por dentro debía de estar igual que por fuera.

Entonces recordó que Kelly le había contado que en invierno ayudaba a limpiar carreteras. ¿Lo haría con aquella camioneta? Era evidente que sí, y a Micah no le gustó imaginársela metida en aquel trasto durante una tormenta de nieve. No obstante, intentó apartar aquello de su mente y centrarse en el presente.

Bajó la escalera y atravesó el jardín sin que las dos mujeres lo vieran. Kelly estaba de espaldas, subida a la camioneta, pero la otra, que era menuda y tenía el pelo moreno y corto y llevaba unos enormes pendientes de aro, enseguida se dio cuenta de su presencia.

–¡Gracias! –dijo, mirando al cielo.

Después lo miró a él y sonrió.

–Hola, guapo. Tú debes de ser el prometido de Kelly. Yo soy su mejor amiga, Terry.

–Encantado –respondió él, sin poder evitar sonreír–. Soy Micah.

Kelly se mostró sorprendida. Llevaba el pelo recogido en una coleta, la sudadera gris manchada de pintura y los vaqueros desgastados estaban rotos a la altura de la rodilla derecha. Al parecer, se había cambiado de ropa después de hablar con él aquella mañana, pero estaba guapa de todas las maneras.

Dejó las planchas de contrachapado que tenía en las manos y se incorporó, parecía nerviosa.

–Ah, hola, Micah. Esta es Terry.

–Sí, ya nos hemos presentado –respondió él, acercándose más y mirando la parte trasera de la camioneta–. ¿Qué es todo esto?

Kelly se apartó un mechón de pelo de la cara.

–Todos los años construyo una casa encantada para los niños.

Aquello no le sorprendió.

–Cómo no.

–El año pasado me ayudó Jimmy, el marido de Terry, pero este año está de misión.

Terry se sentó en la camioneta.

–Y me parece que Kelly lo hecha de menos tanto como yo.

–Hoy tengo que admitir que lo echo de menos –respondió Kelly, con el corazón acelerado porque Micah la estaba mirando fijamente y ella sabía que estaba hecha un desastre–.¿Micah, ¿podrías ayudarnos tú a llevar estas planchas a la parte delantera de la casa?

–Por supuesto. ¿Voy a ganar un punto con esto?

–¿El qué? –preguntó Terry.

–No –le respondió Kelly sonriendo, aliviada al ver que Micah se comportaba como de costumbre con ella–. Me vas a hacer un favor, pero no vas a conseguir ningún punto.

–¿De qué puntos habláis? –preguntó Terry, mirándolos a los dos.

–Umm… A mí me parece que ya te he hecho un favor antes –comentó Micah–. Si te ayudo con esto también, serán dos favores en un mismo día. ¿No voy a conseguir nada a cambio?

–¿Qué se te ocurre? –le preguntó Kelly con un nudo en el estómago.

–Otro beso –le contestó él.

Y ella se quedó sin aliento.

–Bueno, bueno, la cosa se pone interesante –comentó Terry–. Espera un momento. ¿Ha dicho otro beso?

Kelly no le prestó atención a su amiga porque solo tenía ojos para Micah. Tuvo que contenerse para no acercarse a él y besarlo. Sintió que le temblaban las piernas solo de pensarlo.

–¿Por qué? –preguntó.

Él se encogió de hombros.

–Has dicho que teníamos que fingir delante de la gente, ¿no?

–Sí, pero Terry no cuenta.

–Muchas gracias –intervino su amiga–. Dado que Jimmy no está, no me importaría ver un beso apasionado. Me vendría muy bien algo de emoción.

–No le hagas caso –le dijo Kelly a Micah.

–No me refería a Terry –respondió él, posando la mirada en algún punto detrás de Kelly–, sino a las dos mujeres que nos observan desde la ventana de su casa.

–Oh, vaya… –murmuró Kelly.

Se había olvidado de sus vecinas, pero las dos hermanas debían de tener la nariz pegada al cristal.

–¡Hola! –gritó Terry, saludando hacia donde estaban Sally y Margie.

Las cortinas se cerraron, pero Kelly sabía que seguían allí, observando, esperando ver algo que después pudiesen contar.

–¿Entonces? –preguntó Micah.

–Está bien.

Kelly se acercó y Micah la agarró por la cintura para bajarla de la camioneta. Tenía las manos grandes y fuertes, y su calor le traspasó la sudadera. La levantó como si no pesase nada e hizo que su cuerpo se deslizase por el de él antes de dejarla en el suelo.

Cuando sus pies tocaron el suelo, Kelly ya se sentía aturdida. Apoyó las manos en sus hombros y vio que él la miraba divertido, pero también con deseo. Y la mezcla le gustó.

–Bueno, ¿me vas a besar o no? –le preguntó.

–No.

La respuesta la sorprendió.

–Pensé que querías un beso a cambio del favor que me vas a hacer.

–Sí, pero quiero que este me lo des tú –le dijo él.

Aquello la puso todavía más nerviosa, aunque tuvo que admitir que era justo, así que esbozó una sonrisa y se puso de puntillas para besarlo.

Micah respondió, pero no tomó la iniciativa, así que fue ella la que le metió la lengua en la boca.

–Qué bien –comentó Terry.

Pero Kelly casi ni la oyó porque estaba completamente concentrada en el beso. Se agarró con fuerza a Micah para no caerse y este la sujetó contra su cuerpo. Kelly se frotó contra él, torturándolos a ambos, sabiendo que los dos sentían lo mismo.

Ella deseaba notar su piel desnuda, sentir su peso encima…

–Chicos –los interrumpió Terry con cautela, pero tuvo que subir la voz al ver que no le hacían caso–.

¡Chicos! ¿Os dais cuenta de que estáis a punto de perder el control aquí mismo, en el jardín?

Aturdida, Kelly se apartó y miró a su amiga.

–¿Qué?

–Que yo creo que ya es suficiente, salvo que quieras matar a Sally y a Margie.

–¿Qué? –repitió Kelly, y entonces se dio cuenta de lo que había ocurrido y apoyó la frente en el pecho de Micah.

Casi no podía creer lo que acababa de ocurrir. Si Terry no hubiese hablado…

–Dios mío.

–Sí –dijo Micah, intentando calmar su respiración–. Terry tiene razón. Voy a ayudaros con las planchas. ¿Dónde las quieres?

–Bien. Déjalas delante del porche –susurró Kelly.

Cuando Micah la soltó, se sintió increíblemente sola sin la fuerza de sus brazos alrededor.

Así que se apoyó en la camioneta y observó cómo Micah levantaba varias planchas de madera contrachapada y se las echaba al hombro para llevarlas al jardín delantero. Se fijó en sus fuertes brazos, en cómo se le ajustaban los pantalones vaqueros al trasero, y se le secó la boca solo de observarlo.

–Sinceramente –le susurró Terry al oído–, como no vayas a por ese hombre, es que no eres la Kelly valiente e intrépida que yo conozco.

–No es tan sencillo –respondió ella, sin apartar la mirada de Micah.

–¿Por qué no? Te gusta. Y tú le gustas a él, es evidente. Después de haber visto cómo os besabais, te aseguro que voy a hacerle a Jimmy una videollamada, a ver si tengo suerte y está solo.

–Eso es diferente –protestó Kelly–. Tú estás casada.

–Y tú, prometida –le recordó su amiga–. Aprovéchate.

Pero Kelly se dijo que aquello no formaba parte del trato. Aunque a ella no le importaría cambiar las reglas del juego. La cuestión era si sería capaz de separar los sentimientos de la atracción, y si podría vivir sin actuar de acuerdo con sus sentimientos.

Micah volvió a por más planchas y Kelly se dio cuenta de que, fuese complicado o no, formase parte del trato o no, tenía que ser suyo.

Durante las dos horas siguientes, Micah ignoró los ruidos procedentes del jardín. Oyó los martillazos y las discusiones entre Kelly y Terry y se dijo que aquello no tenía nada que ver con él. Además, tenía que trabajar, si conseguía dejar de pensar en Kelly y en el beso.

Frunció el ceño y releyó lo que acababa de escribir. Su heroína tenía un problema cada vez más serio. Vagaba por un bosque, buscando a un niño perdido, y no tenía ni idea de que la seguía un asesino.

Continuó tecleando a pesar de que los pantalones le apretaban tanto a la altura de la bragueta que pensó que se iba a quedar lesionado de por vida. Se dijo que el beso con Kelly había sido para que lo viesen las vecinas.

–No estás trabajando nada –se reprendió entre dientes.

Se puso en pie y entonces se dio cuenta de que reinaba el silencio. Al parecer, las dos mujeres habían terminado con la casa encantada por el momento. Tanto mejor. No había ruidos que le recordasen a Kelly. Y, si no pensaba en Kelly, tal vez pudiese trabajar.

–¿Adónde habrá ido? –se preguntó un instante después–. ¿Y a ti qué te importa?

Por supuesto que no le importaba, solo sentía curiosidad.

Sacudió la cabeza, cerró el ordenador y se dijo que no iba a trabajar. Tampoco podía relajarse, así que iba a tomarse una cerveza, a ver un partido en la televisión y a intentar no pensar en nada. Fue hacia la escalera, después en dirección a la cocina.

Pero no llegó a ella.

Kelly salió por la puerta y entró en el salón, y se quedó inmóvil al verlo. Micah se puso completamente tenso, pero se relajó al mismo tiempo.

Estaba despeinada y tenía los ojos brillantes. A Micah se le cortó la respiración.

–¿Sorprendido de verme? –susurró Kelly.

–Sí, un poco, pero, al parecer, estás llena de sorpresas.

–Me lo tomaré como un cumplido –le respondió ella, acercándose.

–Deberías. Nunca sé qué vas a hacer –le dijo, sin admitir que aquello era algo que le encantaba de ella–. Por cierto, ¿qué es lo que estás haciendo exactamente?

–He venido a hacerte una pregunta.

–Dime.

–Es algo muy sencillo –empezó ella, acercándose más.

Micah podía haber alargado la mano para tocarla, pero se contuvo. Después del beso de aquella tarde estaba seguro de que si volvía a abrazarla, no la dejaría marchar.

–Hay mucha… tensión entre nosotros, Micah.

Él se echó a reír.

–Podría decirse así.

Kelly continuó hablando como si no lo hubiese oído:

–Quiero decir que, después del beso de hoy he pensado que me iba a desmayar.

Micah se frotó la nuca.

–Yo también.

–Bien. Eso está muy bien.

–Kelly… ¿Adónde quieres ir a parar?

–Bueno, los dos somos adultos –añadió ella.

–Sí. Tal vez eso sea parte del problema.

–Cierto, pero, dado que somos adultos, hay una manera muy sencilla de solucionar esa tensión.

Tomó aire y lo contuvo, cuando volvió a hablar, lo hizo muy deprisa.

–Pienso que deberíamos acostarnos. Después, los dos estaremos más relajados y…

Micah perdió el control al oír aquello, la agarró, metió los dedos en su pelo y la besó con todas sus ganas, descargando en aquel beso toda la frustración que llevaba dos meses conteniendo.

Kelly gimió, lo que lo alentó todavía más, y le devolvió el beso con la misma intensidad.

–Supongo que eso es un sí –comentó Kelly cuando rompieron el beso.

–Es un por supuesto que sí –la corrigió él, levantándola y echándosela al hombro.

–¡Eh! ¿Qué haces? –le preguntó ella, golpeándole la espalda.

–Así iremos más deprisa. No hay tiempo que perder –le respondió, dirigiéndose hacia la escalera.

–De acuerdo. Date prisa.

Micah subió la escalera de dos en dos, atravesó el pasillo en un par de zancadas, entró en su habitación y la dejó en la cama.

–¡Eh! –exclamó Kelly riendo.

Se quitó los zapatos y se desabrochó los pantalones vaqueros. Se los quitó e hizo que a Micah se le volviese la boca agua al ver las braguitas de encaje rosas.

Kelly lo miró a los ojos mientras se desabrochaba la camisa y se la quitaba también. El sujetador también era de encaje rosa, y enseñaba más de lo que ocultaba.

Micah no podía apartar la vista de ella. Tenía la respiración entrecortada y se sentía liberado después de dos largos meses. Aunque estaba preparado, no sabía por dónde empezar. No sabía dónde tocar, dónde besar, dónde lamer. Lo quería todo. Entonces le quitó la ropa interior.

Fue ver sus pezones erguidos y la mente se le quedó en blanco. Se sintió como un hombre hambriento frente a un inesperado banquete. Se quedó inmóvil, con la mirada clavada en ella, como si aquello fuese un sueño.

–Micah… llevas demasiada ropa –murmuró Kelly, humedeciéndose los labios.

–Es cierto.

Se quitó la ropa y unos segundos después estaba desnudo encima de ella. Micah la besó de nuevo y empezaron a moverse para disfrutar de la sensación de estar piel con piel, para disfrutar del calor. Era como si quisiesen asegurarse el uno al otro que por fin iban a calmar aquella desesperación que llevaba días y noches torturándolos.

Pasó una mano por toda ella hasta enterrarla entre sus muslos. Al mismo tiempo, tomó uno de sus pezones con la boza.

Kelly se retorció, como si quisiera escapar mientras, al mismo tiempo, le sujetaba la cabeza para que no parase.

–Micah… Micah, esto es demasiado.

–No –susurró él–. No hemos hecho más que empezar.

Enterró un dedo en su sexo, luego dos. Ella arqueó la espalda y sintió que todo su cuerpo temblaba mientras él seguía mordisqueándole el pecho.

–Para, Micah –le pidió.

–¿Quieres que pare? –preguntó él, levantando la vista.

Ella negó con la cabeza y se echó a reír.

–Ni se te ocurra. Lo que pasa es que quiero más –admitió casi sin aliento–. Si continúas acariciándome así, voy a llegar al clímax, y no quiero. Quiero tenerte dentro.

Él se sintió aliviado. Si hubiese tenido que parar, si Kelly hubiese cambiado de opinión… no lo habría podido soportar.

–Puedes tener un orgasmo ahora… y otro luego –le dijo, volviendo a acariciarla.

–Oh… Micah…

Kelly clavó los dedos en sus hombros.

–Micah… ¿Qué me estás haciendo? Nunca había…

Él tampoco había estado nunca con alguien como Kelly, así que la entendía.

Pensó que no se había preparado para aquello. Había imaginado que sería un mero acto sexual, pero nunca había deseado tanto a una mujer.

Notó que Kelly se estremecía, que le costaba respirar y se aferraba a sus hombros, la oyó gritar su nombre.

Y entonces se quedó sin aliento él también, con la boca seca y el corazón acelerado, el cuerpo completamente tenso. Buscó en la mesita de noche y abrió un preservativo, necesitaba hacerla suya, no podía esperar más.

–Micah, eso ha sido… –balbució Kelly, casi sin palabras–. Nunca había…

Entonces abrió los ojos y vio lo que estaba haciendo.

–¿Habías comprado preservativos por si acaso?

Él negó con la cabeza.

–Ya los tenía.

–¿Viajas con ellos? –le preguntó Kelly sorprendida.

–Como todo el mundo, ¿no?

–¿Con la esperanza de tener un poco de suerte?

–Soy un hombre –respondió Micah–, por supuesto que tengo la esperanza de tener suerte.

Kelly sonrió y tendió los brazos hacia él.

–Bueno, pues yo pienso que ahora mismo los dos tenemos mucha suerte. La verdad es que yo no me puedo quejar.

Él sonrió también, le separó las piernas y se colocó entre ellas.

–Entonces, ¿el hecho de tener un preservativo me da otro punto?

–No sé –rio ella–. Lo de los puntos es un tema serio y…

Micah la penetró y ella se quedó callada y cambió de postura.

–Sí –añadió–. Si me sigues haciendo sentir así, sin duda te voy a dar otro punto.

–Me encantan los retos –murmuró él sin dejar de sonreír.

La besó apasionadamente y Kelly respondió con

el mismo ardor. Micah pensó que era la primera vez que estaba una mujer que era completamente ella misma, que no fingía nada.

Expresaba sus sentimientos. Le decía con sus gemidos lo que le gustaba más. Y era un poco salvaje, cosa que le gustaba. En esos momentos le estaba clavando las uñas en la espalda.

Cuando Micah ya casi no podía respirar, levantó la cabeza y la miró. Quería llegar al clímax, pero también quería que aquello durase. Quería volverla loca para que después ambos llegasen juntos al orgasmo.

Fuera el cielo se había teñido de violeta. En la casa, la única luz era la de los ojos de Kelly al mirarlo con adoración. Sus manos se tocaron, sus dedos se entrelazaron, y Micah se dio cuenta de que Kelly estaba llegando al clímax. El cuerpo de esta se arqueó, gritó su nombre, su gesto cambió, y Micah se dio cuenta de que nunca se había sentido tan satisfecho. Siguió moviéndose dentro de ella, y cuando notó que dejaba de temblar, se dejó llevar él también por el torbellino.

Capítulo Siete

Kelly no supo cuánto tiempo había pasado, ni le importaba.

Cuando por fin pensó que sería capaz de hablar, exclamó:

–¡Guau!

–Lo mismo digo –le respondió Micah, con el rostro enterrado en su hombro.

Ella sonrió y clavó la vista en el techo. Le gustó saber que él sentía lo mismo. Su cuerpo la estaba aplastando contra la cama, pero después de tanto tiempo, le gustó la sensación, así que no le pidió que se apartase.

Entonces pensó en Sean y se sintió fatal. Cerró los ojos un instante. Hasta aquel día, Sean había sido el único hombre con el que se había acostado, así que era normal que pensase en él.

Sean y Micah eran muy distintos. El cuerpo de Micah era más grande y fuerte… en todos los aspectos. Compararlos la hizo sentirse culpable, pero después se dijo que las diferencias no eran solo físicas.

Con Micah se habían reído mientras hacían el amor, mientras que con Sean el sexo siempre había sido un tema muy serio. Kelly siempre había tenido la sensación de que Sean tenia una lista mental de lo que tenía que ir haciendo: apagar la luz, besarla, tocarle los pechos.

Le dolió estar pensando aquello de Sean. Nunca le había contado a nadie lo insatisfecha que se había sentido con él. Ni siquiera a Terry. Había querido mucho a su marido, pero hasta entonces no se había creído capaz de llegar a los orgasmos de lo que su amiga le había hablado. Porque, en brazos de Sean, solo había sentido un poco de placer, y cariño.

No había tenido ni idea de que existiese aquel *tsunami* de sensaciones.

Abrió los ojos y miró al hombre que la estaba abrazando. Con él había descubierto y sentido más que con su marido. Tal vez, la falta de pasión con Sean había sido el motivo por el que no le había interesado salir con ningún otro hombre antes.

Durante mucho tiempo, se había culpado a sí misma y a su falta de experiencia, pero en esos momentos tuvo que admitir que tal vez con Sean habían sido amigos durante demasiado tiempo como para después adaptarse a ser amantes.

–Deja de darle vueltas al coco –murmuró Micah–. Relájate.

Kelly sonrió, agradecida por la interrupción. Dejó el pasado atrás y volvió al maravilloso presente que estaba viviendo.

–¿Te estás durmiendo?

–Sí.

Ella se echó a reír y al moverse y frotarse con su

cuerpo se dio cuenta, sorprendida, de que se volvía a excitar. Le acarició la espalda y levantó ligeramente las caderas para disfrutar más de la sensación.

Él levantó la cabeza y la miró con una ceja arqueada.

–Como sigas moviéndote vamos a necesitar otro preservativo.

Por supuesto, Kelly se volvió a mover. Tomó su rostro con ambas manos y le preguntó:

–¿Cuántos tienes?

Él apretó las caderas contra ella, que dio un grito ahogado.

–Me parece que no van a ser suficientes –le respondió, sonriendo de medio lado.

A Kelly le dio un vuelco el corazón al verlo sonreír así. ¿Se preguntó si tenía algo de malo no querer moverse de allí?

Micah se sentó sobre los talones y se la llevó consigo.

–Ah –suspiró ella, sentándose a horcajadas en su regazo.

Se perdió en sus ojos marrones y notó cómo la iba penetrando.

Micah inclinó la cabeza para tomar sus pechos, uno detrás de otro. Kelly intentó distraerse mirando a su alrededor para no llegar al clímax tan pronto en aquella ocasión. Quería que aquello durase lo máximo posible. Así que estudió las paredes verdes, la moldura del techo, la chimenea apagada.

Había vivido allí casi toda su vida y se sabía

todos los rincones de la casa, pero nunca se había sentido tan viva como en aquel momento. Nunca se había sentido tan bien con su entorno, ni con su propio cuerpo y con el hombre que estaba despertando en ella un deseo más fuerte de lo que había conocido hasta entonces.

Kelly se rindió y en vez de concentrarse en el lugar en el que estaba, se concentró en lo que estaba ocurriendo. Micah le acarició la espalda y enterró los dedos en su pelo mientras seguía chupándole los pezones.

Ella nunca había hecho el amor así… sentada sobre un hombre que la acariciaba. Se apretó contra él para que la penetrase lo máximo posible.

Y cuando Micah gimió y la miró a los ojos, Kelly se sintió más fuerte que nunca. Se movió sobre él y tuvo la sensación de que podía sentir cómo Micah le llegaba al corazón.

Micah apretó la mandíbula e intentó controlarse. La miró a los ojos y bajó las manos a las caderas de Kelly para ayudarla a adoptar un ritmo más rápido. Ella lo agarró de los hombros y se mordió el labio inferior, echó la cabeza hacia atrás y lo miró fijamente a los ojos. No podía apartar la mirada. No podía detener la sensación de que la estaba inundando por dentro. Le acarició los músculos del pecho, pasó los pulgares por sus pezones y lo vio estremecerse y apretar los dientes todavía más. Y se sintió poderosa, deseada, sexy.

Sabía que aquel orgasmo sería maravilloso, y no pudo pensar en otra cosa.

–Más fuerte, Micah –le pidió.

–Me estás matando –respondió él, tumbándola en la cama sin separarse de ella ni un instante.

Se movió en su interior con más intensidad, hasta que ambos se quedaron casi sin respiración. Luego Micah le levantó las piernas para apoyárselas en los hombros y siguió moviéndose.

Kelly gritó e intentó agarrarse al colchón. No quería que Micah se apartase de ella. Jamás.

Se movieron ambos a un ritmo frenético, ajenos al mundo que los rodeaba, como si no importase nada más.

–Voy a llegar al clímax ya... –le anunció Kelly–. Tú también, por favor.

–Mírame a los ojos –le pidió él.

La sensación la golpeó como un tren desbocado y Kelly se obligó a mantener los ojos abiertos, para que Micah viese lo que le estaba haciendo. Algo que solo había conseguido él.

Y antes de que terminase de temblar, lo oyó gritar su nombre y notó que todo su cuerpo se ponía tenso. Kelly lo abrazó y esperó a que se dejase caer, agotado.

Era de noche cuando Kelly despertó. Estaba un poco dolorida. Y necesitaba aire desesperadamente. Micah se había quedado dormido encima de ella. No quería despertarlo, pero tampoco podía soportar su peso mucho más.

–Micah, Micah, apártate.

–¿Qué? –le pregunto este, aturdido.

Entonces la entendió y cambió de postura.

–Me he quedado dormido.

–Yo también –admitió Kelly, respirando hondo, sintiendo satisfacción–. ¿Qué hora es?

–¿Qué más da? –preguntó él.

–Tienes razón.

–He ganado otro punto.

–De eso nada, eso no vale un punto, así que sigo ganando tres a dos yo.

Él sonrió.

–Así que sí que he ganado un punto con todo esto.

Kelly suspiró. Se merecía diez, o treinta puntos, por todo lo que le había hecho sentir.

–¿Tienes hambre? –le preguntó–. Yo estoy hambrienta.

–¿Es una broma?

–Nunca bromeo con la comida.

Kelly se apoyó en un codo y lo miró. Vestido estaba guapo, pero desnudo… era como para desmayarse. Kelly sacudió la cabeza, si seguía pensando en aquellas cosas, no conseguiría comer.

Y si no comía algo pronto, no tendría fuerzas para continuar haciendo lo que quería hacer con Micah.

–Venga, seguro que tú también tienes hambre.

–No tanta como para moverme de aquí.

–¿De verdad?

Kelly se sentó y se estiró.

–Yo no estoy cansada, sino más bien todo lo contrario. Deberíamos haber hecho esto hace mucho tiempo.

Él la miró fijamente y frunció el ceño.

–¿Qué ocurre?

–¿En serio? ¿Te sientes genial y tienes hambre? ¿No tienes nada más que decir?

Kelly lo miró confundida.

–¿Qué esperabas?

Él se incorporó sobre los codos e inclinó la cabeza.

–¿No me vas a decir que has estado pensando y que tenemos que hablar?

–¿De qué?

–De tus sentimientos. O de cómo ha cambiado el sexo nuestra relación y de cómo va a ser esta a partir de ahora.

A ella le entraron ganas de echarse a reír, pero Micah estaba tan serio que no lo hizo. Sacudió la cabeza.

–Espera, ¿es eso lo que hacen otras mujeres? ¿Tienen sexo contigo y después lo estropean con esas conversaciones?

Micah frunció el ceño.

–Pues sí.

Kelly sonrió y se inclinó a darle un beso en los labios.

–Pues me alegro de haberte sorprendido otra vez. No sé si recuerdas que he sido yo la que me he acercado a ti. Esto ha sido idea mía…

–Diré, en mi defensa, que yo había tenido la misma idea.

–Somos adultos, Micah. Podemos tener sexo sin que eso signifique nada más, ¿no?

Él la miró confundido.

–Bueno, sí, pero…

–¿Qué pasa?

–Nada, que soy yo el que suele hablar así y me resulta extraño estar al otro lado.

–Otra primera vez –dijo Kelly, respirando profundamente–. Bueno, ahora, voy a prepararme un sándwich.

Se levantó de la cama, tomó su camiseta y se la puso. Se sentía muy bien.

–¿Quieres uno?

–De acuerdo –respondió él, todavía pensativo.

–Estupendo. Te espero en la cocina.

Kelly echó a andar y no paró hasta llegar al piso de abajo. Allí, se detuvo y miró hacia arriba.

Le había dicho a Micah que no quería hablar y eso era cierto. Lo que no le había dicho era que había empezado a sentir algo más por él. No sabía si era porque era un hombre muy reservado, o por cómo sonreía de medio lado, pero era consciente de que iba a meterse en un buen lío.

Durante los siguientes días, Micah y Kelly establecieron una rutina que satisfacía a ambos.

Micah se pasaba la mañana trabajando en su novela mientras Kelly iba de una tarea a otra. Y por las tardes, trabajaban juntos en los preparativos de Halloween.

Y por las noches también estaban juntos, en la cama de Micah.

Micah miró a Kelly, que explicaba a tres niños cómo pintar de negro las planchas de contrachapado. Llevaba el pelo rojizo recogido en una coleta, sus pantalones vaqueros favoritos, botas negras y una sudadera roja, vieja. Tenía pintura negra en la mejilla y sonreía mientras los niños le contaban alguna historia.

El deseo se apoderó de él de repente. El cielo estaba gris y el viento era helador, pero él estaba ardiendo por dentro.

Habían acordado dormir juntos para aliviar la tensión sexual que había entre ambos, pero había sido como echar gasolina al fuego. Micah deseaba a Kelly a todas horas. No podía sacársela de la cabeza. Su imagen, su olor, sus gemidos cuando hacían el amor.

Era la primera vez que le ocurría algo así. Tenía que haber sabido que Kelly era distinta a las demás. Era la novedad lo que le había atraído tanto de ella, su naturaleza impredecible. Y que todavía no le había dicho eso de «tenemos que hablar». Aunque no podía tardar mucho.

Ninguna otra persona lo habría convencido de que estuviese en la calle con aquel frío, montando una casa encantada para Halloween. Sacudió la cabeza, no sabía si sentirse impresionado o avergonzado de sí mismo.

Estudió lo que estaban haciendo. Más que una casa encantada era un pasadizo que los niños tendrían que atravesar si querían caramelos la noche de Halloween. Tenía las paredes negras, telas de araña falsas, una grabación con sonidos y voces que daban miedo, y un par de maniquíes feos.

Si un año antes alguien le hubiese dicho que estaría en un pequeño pueblo de Utah haciendo aquello, no se lo habría creído, pero allí estaba

–¿Cómo demonios ha podido ocurrirme esto?

–Has dicho una palabrota –lo acusó Jacob, frunciendo el ceño.

Él miró al niño y suspiró. Desde que Micah lo había acompañado a ver a su calabaza, el niño había forjado un vínculo con él.

–¿Qué?

–Que has dicho demonios.

–Ah.

Imaginó que debía cuidar más su manera de hablar. No estaba acostumbrado a tener niños cerca. Ni siquiera cuando estaba en casa de Sam y Jenny pasaba mucho tiempo con sus dos hijos, aunque Isaac todavía era un bebé, así que no tenía mucho que decir. Annie, por su parte, debía de tener más o menos la misma edad que Jacob.

Siempre había pensado que no sabía cómo interactuar con un niño, pero al darse cuenta de que con Jacob se llevaba muy bien, se preguntó si no debía haberse esforzado más en acercarse a Annie, la hija de Sam.

Aunque, al mismo tiempo, se recordó que a él no le gustaban los niños. En realidad, no quería establecer vínculos con nadie. Llevaba toda la vida evitando aquel tipo de relación.

Miró al niño y suspiró.

–No tenía que haber dicho esa palabra. Tú no la repitas –le dijo.

–No lo haré. Jonah dijo una palabra fea una vez y mamá lo castigo a irse a su habitación, y estuvo llorando.

–Pues aprende de los errores de tu hermano.

Enseñó al niño a clavar clavos en la madera y no le corrigió, aunque lo hiciese mal. No pudo evitar pensar en su propia infancia. Como los adultos lo ignoraban, había aprendido a pasar desapercibido. No había causado problemas. Nunca había sobresalido, ni para bien ni para mal. Solo había intentado que no se fijasen en él y nunca se había sentido importante. Para nadie.

Tomó otro clavo y se lo dio a Jacob.

–Ten cuidado, si te golpeas un dedo Kelly se enfadará conmigo.

Jacob se echó a reír.

–No, no se enfadará, pero voy a tener cuidado.

Sonó su teléfono y Micah se lo sacó del bolsillo trasero y miró la pantalla.

–¿Te puedo dejar solo un minuto?

–Claro que sí. No soy un bebé.

–Es verdad. Ahora vuelvo.

Se apartó y descolgó.

–Hola, Sam.

–Eh, hola –respondió su agente–. Llevas varios días sin llamarme para lloriquear, así que me temía que estuvieses muerto.

Micah se echó a reír.

–No ha estado mal, podrías dedicarte a hacer monólogos.

–Podría. Annie piensa que soy muy gracioso.

–Tu hija tiene tres años –le dijo Micah, sin dejar de andar–. Hasta el gato ese feo que tenéis le parece gracioso.

–Sheba es un gato estupendo –respondió Sam–. Tiene muy buen criterio. Le gusta todo el mundo menos tú.

–Sabe que yo soy más de perros –contestó él, pensando que en realidad no sabía si prefería un gato a un perro porque nunca había tenido animales.

–Estupendo, te regalaré uno.

–Ni se te ocurra –respondió él, sorprendido al darse cuenta de que en realidad no le parecía tan mala idea–. Si me llamas para ver cómo va a el libro, sigo avanzando despacio.

–No, te llamo porque voy a ir a California un par de días, tengo una reunión con una editorial independiente. Y he pensado que a lo mejor querías acercarte el fin de semana y pasarlo allí conmigo.

A Micah le gustó la idea. Llevaba más de dos meses en Banner y le vendría bien ir a una ciudad, a un hotel caro, con servicio de habitaciones, con ruido, gente…

–Me apunto –le dijo, y luego miró a Kelly–, pero iré acompañado.

–Ah, ¿sí?

–Sí, me voy a llevar a mi prometida –comentó sonriendo solo de pensar en la reacción de Sam.

–¿A tu qué?

–Ahora no puedo entretenerme. Te lo contaré en persona –le dijo Micah–. ¿Dónde quieres que nos veamos?

–Yo me voy a alojar en el Monarch Beach, en Dana Point. ¿Quién es tu prometida y desde cuándo?

–Entendido. ¿Cuándo es la reunión?

–El viernes por la tarde, pero me quedaré hasta el domingo.

–Entendido.

Micah pensó que estaba a martes, así que tenía tiempo de sobra para reservar una suite y alquilar un avión privado. Solo tenía que convencer a Kelly para que fuese con él. Y confiaba en que sería capaz de hacerlo.

–Hasta entonces.

–No me dejes así –protestó Sam–. ¿Sabes lo que ocurrirá si llego a casa con la noticia, pero no puedo contarle a Jenny ningún detalle? Me matará.

–Me parece perfecto –le respondió Micah riendo.

–Me las pagarás…

Micah colgó el teléfono. Sam se vengaría de él, pero para eso estaban los buenos amigos.

Echó a andar con la mirada clavada en Kelly, que levantó la vista y le sonrió.

Él se excitó al instante.

Se metió en Internet para reservar la habitación de hotel, una suite presidencial con vistas al mar en la que ya se había alojado antes, y que le encantaría a Kelly. El hotel era de lo mejor y aquella habitación en concreto era impresionante. Micah sonrió al imaginarse a Kelly en la terraza, que tenía vistas al Pacífico, desnuda bajo la luz de la luna. Así era como quería tenerla.

Solo tenía que convencerla para que abandonase temporalmente sus responsabilidades.

Kelly se quedó estupefacta.

Aquella era una de las palabras favoritas de su abuela, y la única que encajaba en aquella situación. De hecho, se había quedado tan sorprendida que no sabía qué decir, cosa que no solía ocurrirle jamás.

Micah le había hecho la invitación de repente, y ella la había aceptado sin más. Porque solo quería estar con él, y lo único que le preocupaba era qué iba a hacer cuando se marchase. No obstante, hasta entonces, lo iba a disfrutar.

Fue de compras con Terry a Salt Lake City, para poder llevar en la maleta ropa adecuada para estar en un complejo turístico de cinco estrellas.

Cuando Micah le había dicho que iban a alojarse en el Monarch Bay Resorch, Kelly lo había buscado en Internet para hacerse a la idea de dónde iban a alojarse. El hotel era precioso, muy elegante. E intimidante.

Una limusina los había llevado hasta el aeropuerto, donde los esperaba un avión privado, y Kelly se había sentido como una reina.

Habían bebido champán y habían comido fresas durante el breve vuelo. Y otra limusina los había llevado al hotel, en el que todo el mundo llamaba a Micah por su nombre. Y al ver la habitación se había sentido abrumada.

Era una habitación espectacular. Con chimenea, varios sofás y sillones muy mullidos en tonos pastel, una moqueta muy gruesa de color arena, jarrones con rosas amarillas y una maravillosa terraza. Había candelabros sobre la mesa del comedor y el baño era más grande que su casa entera, con una bañera en la que casi se podía nadar y una ducha en la que debían de caber cinco o seis personas, y en la que había un banco en el que se le ocurrió lo que podía hacer con Micah.

–Micah… es increíble. Todo el día ha sido… –balbució–. No me habría perdido esto por nada del mundo.

Se acercó a las puertas de la terraza y clavó la vista en el mar azul, que se perdía en el horizonte.

–Me alegro de que hayas venido.

–Yo también.

Kelly se giró hacia él. Llevaba unos pantalones negros, camisa roja y un abrigo negro. Se le veía muy cómodo, y Kelly recordó que era así como estaba acostumbrado a vivir.

Ella intentó imaginarse viviendo en semejante lugar y no pudo. Pensó que intentar encajar en aquel estilo de vida sería agotador. No era su realidad, pero lo cierto era que se alegraba de estar allí con Micah.

–¿Te he dicho ya que hoy estás muy guapa? –le preguntó Micah, mirándola los ojos.

Kelly se ruborizó y sintió aquel calor que la invadía siempre que lo tenía cerca. Se alegró de haber ido de compras con Terry, sabía que los pantalones negros, la camisa de seda blanca y la chaqueta verde le sentaban muy bien.

–Ya me lo has dicho, sí. Gracias.

Micah se acercó a ella, la agarró de la mano y salió a la terraza.

Ella soltó su mano y fue a apoyarse a la barandilla.

–Es como un cuento de hadas –suspiró.

–Ya te había imaginado aquí –admitió él–. Justo ahí, con el viento despeinándote, sonriendo.

–¿Y qué es mejor, lo que habías imaginado o la realidad?

–Bueno, es que te había imaginado desnuda, bajo la luz de la luna –le confesó él, abrazándola.

Kelly sintió calor, lo miró a los ojos y no pudo desearlo más.

–Pues es importante hacer los sueños realidad –le respondió–. Así que esta noche…

–Trato hecho, pero ahora quiero enseñarte California, así que tenemos que irnos.

En aquellos momentos, Kelly hubiese ido con él a cualquier parte.

Capítulo Ocho

Micah tomó la carretera de la costa y la llevó a Laguna, donde dieron un paseo, entraron en varias galerías de arte, comieron helado y disfrutaron de la actuación de un saxofonista callejero.

Era principios de octubre y todavía hacía calor. El sol brillaba, así que no podía hacer un día mejor.

Entonces, Micah vio algo en un escaparate.

–Ven conmigo –dijo, agarrando a Kelly de la mano y haciéndola entrar en la joyería.

–Micah, ¿qué estás haciendo?

–He visto algo que quiero comprar –le dijo él.

–¿Puedo ayudarlos? –preguntó el señor mayor que había detrás del mostrador.

–Sí –respondió Micah–. Quiero ver el collar de esmeraldas que tiene en el escaparate.

El hombre sonrió, le brillaron los ojos.

–Es una de nuestras mejores joyas, espere un momento.

–¿Qué quieres comprar? –le preguntó Kelly.

–Un regalo para alguien –dijo él.

El vendedor volvió con el collar sobre una bandeja de terciopelo negro.

–Oh, Dios mío, es precioso –susurró Kelly.

–Sí, verdad. Me lo llevo –añadió, mirando al otro hombre.

–¿Se lo envuelvo para regalo?

–No es necesario –respondió Micah, sacando la tarjeta de crédito, sin molestarse en preguntar el precio porque le daba igual.

–Espero que lo disfrute –le dijo el hombre a Kelly.

–Ah, si no es para mí –respondió esta.

Micah levantó el collar y se giró hacia ella.

–Micah, no… –balbució ella, horrorizada.

Aquello volvió a sorprenderlo. Ni siquiera se le había ocurrido que el collar pudiese ser para ella.

–Has dicho que te gustaba.

–Hay que ser ciego, o estar tonto, para que no te guste, no se trata de eso.

–Tienes razón, no se trata de eso, sino de que quiero que lo tengas. Levántate el pelo.

Ella obedeció, pero sin dejar de sacudir la cabeza.

–No puedes comprarme algo así…

–Le contaste a tu abuela que íbamos a ir a Nueva York a por el anillo, así que…

–Micah.

Él le abrochó el collar, la miró y sonrió complacido.

–Es perfecto.

–Le quedaría bien hasta a un troll –argumentó Kelly, levantando la mano para tocarlo mientras se miraba en un espejo que había encima del mostrador–. Es precioso, pero no tienes por qué hacerlo. No tienes por qué comprarme nada.

Era evidente que Kelly no había esperado aquello y su reacción fue como un soplo de aire fresco para Micah, acostumbrado a mujeres que siempre esperaban regalos así. Kelly no quería nada de él. No le pedía nada. Era feliz solo con su compañía, y aquello era la primera vez que le ocurría.

Y tal vez aquel era el motivo por el que Micah se había sentido obligado a comprarle el maldito collar. Para que Kelly tuviese algo que le recordase a él. En unos meses saldría de su vida, pero cuando ella mirase el collar, se acordaría de aquel día y... ¿qué? ¿Lo echaría de menos? ¿Acaso alguien lo había echado de menos alguna vez? ¿Quería él que lo echasen de menos? Aquel no era el momento ni el lugar de hacerse semejantes preguntas.

–Quería que lo tuvieras –le dijo sin más–, porque es del mismo color que tus ojos.

–Oh, Micah...

Los enormes ojos verdes de Kelly se llenaron de lágrimas y, por un instante, Micah sintió pánico, pero Kelly parpadeó rápidamente y levantó la barbilla.

–No quiero que me hagas llorar. Me pongo horrorosa cuando lloro porque lo hago a raudales. No soy de las que lloran de manera delicada.

Por supuesto que no iba a llorar. Micah se echó a reír, Kelly era única, en todo.

–Me alegra saberlo. Tomo nota: «No hacer llorar a Kelly».

Ella sonrió con amargura, solo un instante. Después, suspiró.

–No voy a poder convencerte para que no lo compres, ¿verdad? –le preguntó, con la mano todavía en el collar.

–Ya está comprado –respondió él.

Kelly tomó aire y asintió.

–De acuerdo. ¿Puedo al menos darte las gracias?

–Si eres breve…

–Muchas gracias, Micah –le dijo, poniéndose de puntillas y dándole un beso en la boca–. Nunca había tenido algo tan bonito. Siempre que me lo ponga, pensaré en ti.

A Micah le dio un vuelco el corazón. Aquel había sido su objetivo, pero oírselo decir a Kelly en voz alta casi sonaba a despedida. No había pensado que eso le disgustaría, pero tenía que admitir que, por primera vez en su vida, no tenía ganas de cambiar. Frunció el ceño y se dijo que tenía que ser así, pero que ya pensaría en ello cuando llegase el momento.

–Yo también pensaré en ti –fue lo único que pudo responder.

Nunca había sido tan sincero.

Aquella noche, Kelly giró rápidamente sobre sí misma para hacer volar la falda de su nuevo vestido negro, subida a unos tacones de aguja. Luego miró a Micah y le dijo:

–Ha sido un día estupendo. Muchas gracias.

Él se encogió de hombros.

–Ha sido divertido.

Para ella había sido toda una revelación porque había podido ver a Micah desde otro ángulo. Era famoso, rico, importante. Fuesen adonde fuesen todo el mundo intentaba complacerlo, sus seguidores, casi todo mujeres, lo paraban por la calle. Y él era evidente que se sentía incómodo. Era educado, por supuesto, pero frío, y Kelly se había dado cuenta de que habría preferido que nadie se fijase en él.

La vida de Micah era completamente distinta a la suya, pero por el momento estaban juntos. Y ella no quería pensar en nada más.

Salió a la terraza, se apoyó en la barandilla y levantó el rostro hacia la brisa marina. Luego se giró hacia él y comentó:

–Pensé que el maître del restaurante se iba a echar a llorar cuando le has firmado el libro.

Micah sirvió dos copas de champán y se acercó a ella. Le dio una y bebió de la suya.

–No me podía creer que tuviese el libro en el trabajo.

Ella se echó a reír y dio un sorbo. Sacudió la cabeza y suspiró.

–Yo no me puedo creer que esté aquí. No solo en California, sino aquí, en este hotel tan bonito, contigo.

–Me alegro mucho de que hayas venido –admitió él, y después frunció el ceño, como si no hubiese querido decir aquello.

Pero ya era demasiado tarde. Tal vez no quisiese sentir nada por ella, pero Kelly sabía que le importaba. Y, por el momento, eso le bastaba. Ambos habían buscado al principio un encuentro meramente sexual y si ella sentía más en esos momentos… no iba a contárselo. Sabía que Micah no querría oírlo y, de todos modos, ella tampoco se sentía preparada para admitirlo.

Apartó aquello de su mente y fue hasta la mesa a dejar la copa de champán. Luego miró a Micah, sonrió y empezó a bajarse la cremallera del vestido.

–Si no recuerdo mal, habíamos quedado en hacer algo esta noche, ¿no?

–Sí –respondió él, poniéndose tenso.

Kelly se bajó la cremallera completamente, pero se sujetó el vestido con ambas manos.

–¿Estás seguro dc quc no puede vernos nadie?

Él dio un sorbo y la traspasó con la mirada.

–Nadie. No tenemos vecinos y enfrente solo está el mar.

–De acuerdo.

Kelly respiró hondo y dejó caer el vestido a sus pies. Nunca había hecho algo así, y se sintió nerviosa y vulnerable, pero al ver el deseo con el que la miraba Micah se olvidó de todo.

Cuando había ido de compras con Terry se había dado el capricho de adquirir también lencería nueva. Y la expresión de Micah era la que ella había esperado.

Este la miró de arriba abajo y después clavó la vista en sus ojos.

–Me vas a matar.

–¿Te gusta?

–Sí. Le voy a dar un punto al encaje negro.

Kelly sonrió.

–¡Genial! Ya gano cuatro a dos.

–Si sigues vistiéndote así, te daré todos los puntos que quieras.

Ella sacudió la cabeza lentamente.

–¿No habías dicho que en el sueño estaba desnuda?

–Estás intentando matarme.

–No, solo quiero torturarte un poco.

Se quitó muy despacio el sujetador y lo dejó en una silla. Todavía con los tacones puestos, se deshizo también de las braguitas y se quedó completamente desnuda, con la brisa del mar acariciándole la piel como si fuesen las manos de un amante.

–Bueno, ¿así era el sueño?

–Esto es mucho mejor –respondió él, inclinándose a darle un beso mientras le acariciaba los pechos.

Kelly gimió y se apoyó en él. Le encantaban sus caricias y sus besos. Micah hacía que se sintiese traviesa, y maravillosamente.

Este bajó una mano al interior de sus muslos y Kelly separó las piernas para que le acariciase. Micah le había enseñado más de sí misma y de su cuerpo de lo que ella habría creído posible. Y había hecho que desease estar con él, en la intimidad, todo el tiempo.

La hizo retorcerse con sus caricias y cuando Kelly estaba a punto de llegar al clímax, paró y la sentó en la mesa de la terraza, le separó las piernas y se arrodilló.

–¿Qué vas a…? Oh, Micah.

La mesa de metal estaba fría, pero Kelly no tenía frío. Estaba ardiendo. Cuando Micah la acarició con la boca, gritó de placer. Pensó que se iba a volver loca y se aferró a él para no caerse. Y cuando llegó al orgasmo, pensó que no se podía sentir más placer.

Todavía temblando, lo miró a los ojos y le dijo en un susurro:

–Acabas de ganar un punto. Ha sido…

–Entonces ya vamos cuatro a tres –dijo él–. Te estoy alcanzando.

Kelly sonrió y volvió a susurrar:

–Nunca había… Nadie…

–Te entiendo –le respondió él en voz baja, mirándola a los ojos–. Y, si te interesa, todavía tienes más cosas que aprender.

–Me encanta aprender –respondió ella.

Micah la tomó en brazos y la llevó al dormitorio.

Y ella pensó que podía hacerle lo que quisiese, que estaba preparada.

La noche siguiente, Micah y Kelly cenaron con Sam y Jenny Hellman, y después los cuatro se dieron un paseo por los jardines del hotel.

Desde que Sam y Jenny habían llegado, los cuatro habían pasado mucho tiempo juntos, y a Micah le alegraba ver que Jenny y Kelly se entendían bien. Aunque no supiese por qué le importaba aquello. No se iban a ir de vacaciones los cuatro juntos. Y, salvo que sus amigos volviesen a alquilar la casa de Kelly, no volverían a verla jamás después de aquel fin de semana.

Así que no sabía por qué le parecía tan bien que todo el mundo se entendiese. Aunque tampoco le extrañó sentirse así, porque desde que había conocido a Kelly, se había sentido extraño.

Aprovechando que las dos mujeres iban delante, hablando de sus cosas, Sam le preguntó:

–¿Te estás acostando con ella, verdad?

–Eso no es asunto tuyo –le respondió muy tenso a Sam.

–Interesante respuesta –comentó este pensativo.

–¿Por qué dices eso?

–Porque normalmente no te importa hablar de las mujeres con las que te acuestas…

Micah apretó los dientes.

–Kelly no es una más es… Kelly.

–Eso también me resulta interesante. Te estás encariñando, ¿verdad?

–No.

Kelly le importaba, pero no se estaba encariñando con ella.

–Es la primera vez que traes a una chica a tu casa.

Micah se echó a reír.

–¿Estás loco?

–Los dos sabemos que Jenny y yo somos lo más parecido a una familia para ti, y aquí estamos los cuatro. Eso significa algo.

–Deberías limitarte a ser agente –le advirtió Micah–. Porque lo de inventarte historias de ficción no se te da bien.

Sam se echó a reír.

–¿Por qué no quieres admitir que Kelly y tú tenéis algo estupendo juntos?

Micah suspiró y miró a Kelly. La melena le caía sobre los hombros, el vestido amarillo se ceñía a su figura curvilínea. Le gustaba. Y eso hacía que tuviese que ser cauto. Era la única mujer que lo había tentado a ir más allá, y eso la convertía en una mujer peligrosa.

–Porque lo que tenemos es temporal –respondió.

–Pues a mí me gusta.

–A mí también.

–No lo dices muy contento.

Micah frunció el ceño.

–¿Por qué iba a estarlo? Sabes tan bien como yo que me marcharé en un par de meses.

Y la idea, por una vez, no le gustaba.

–Así que lo nuestro se va a terminar –le explicó a su amigo.

Sam lo miró como si tuviese tres cabezas.

–No tiene por qué, eso es lo que te quiero decir. Al fin y al cabo, ya estáis prometidos.

–Ya te lo he explicado. Es mentira, Kelly se lo inventó para contentar a su abuela.

–Las mentiras pueden convertirse en verdades.

–No.

–Te voy a explicar cómo lo veo yo. Os casáis y

así nosotros tenemos una casa a la que ir cuando sea época de esquiar.

–Buen plan.

Sam sonrió.

–Hacéis buena pareja, Micah. ¿Por qué tienes tanta prisa por estropearlo?

«Porque no sé qué otra cosa hacer».

–Uno no le compra esmeraldas a una mujer que no le importa. Por cierto, que gracias a ese collar Jenny me ha recordado que su piedra preciosa favorita es el zafiro.

Micah se echó a reír.

–Eso es problema tuyo. Con respecto a las esmeraldas, solo quería que Kelly tuviese el collar. Nada más.

–¿Y por qué querías que lo tuviera? –le preguntó Sam.

–Porque... porque sí –contestó Micah exasperado.

Sam se echó a reír y Jenny se giró a mirarlo.

–Ahora entiendo por qué gano tanto dinero con tus libros. Eres un maestro de las palabras.

–Déjalo ya, Sam.

–Admítelo, Micah, te importa.

–Por supuesto que me importa. No soy un monstruo. Es una mujer estupenda. Lo pasamos bien juntos. Me gusta.

Todo aquello era demasiado vago, no se lo creía ni él.

–Debe de ser amor.

Micah giró la cabeza para mirar a Sam.

–Aquí nadie ha hablado de amor.

–Bueno, bueno, no te pongas así.

–Tengo mis motivos –le recordó él.

–Los tienes, sí –admitió Sam–. Tuviste una mala niñez y por eso te encerraste en ti mismo, hasta ahora.

–Tengo la sensación de que la siguiente frase va a empezar por pero…

Sam le dio una palmada en el hombro.

–Eres un tipo muy inteligente, pero… ¿durante cuánto tiempo vas a utilizar esa excusa?

Micah lo fulminó con la mirada.

–Esas miradas nunca han funcionado conmigo –le dijo Sam.

Micah puso los ojos en blanco. Era cierto.

–Mi pasado no es una excusa, Sam. Es un motivo.

–¿Que tuvieses una niñez dura no significa que no seas capaz de amar a nadie? Eso es una tontería. Es como decir que como de niño nunca comiste hamburguesas no puedes ir a McDonalds.

Micah frunció el ceño.

–En resumen, amigo –continuó Sam–, que estás permitiendo que tu terrible pasado se interponga en tu presente y en tu futuro.

Micah apretó los dientes con fuerza. Aquella tonta comparación no lo ayudaba y, además, él se sentía obligado a justificar su manera de vivir la vida. Si quería ser un nómada, ir de un lado a otro y no establecer vínculos con nadie, era su decisión. Y no debía importarle a nadie. Le gustaba estar solo. Le gustaba ser libre. Le gustaba poder ir de un lado a otro sin que nadie lo echase de menos, ¿no?

Frunció el ceño al pensar aquello último. ¿Lo echaría de menos Kelly cuando se marchase? ¿Pensaría en él? Porque él estaba seguro de que iba a recordarla. Otro motivo más para marcharse.

–Gracias por tu análisis –dijo por fin–. ¿Cuánto te debo?

–A este invita la casa –le respondió su amigo–. Tienes que decidir si quieres una vida de verdad o si prefieres ser una víctima para siempre.

–No soy una víctima –murmuró Micah, sintiéndose insultado.

–Me alegra oírlo –replicó Sam–. Ahora, ¿por qué no vamos los cuatro a tomarnos una copa?

–Sí, por favor.

Sam corrió a avisar a Jenny y a Kelly y los cuatro se dirigieron al bar del hotel.

Por el camino, Micah pensó que él no había planeado nada de aquello. Solo había querido pasar seis meses en un lugar tranquilo. No había pedido que Kelly entrase en su vida, pero allí estaba, y no sabía qué hacer al respecto. La intención de Sam era buena, pero su amigo no lo entendía. ¿Cómo iba a entenderlo?

Cuando uno vivía el presente, no pensaba nunca en el futuro. Así que él no iba a mirar hacia adelante, se iba a limitar a disfrutar del momento.

***

Los hoteles de lujo, las limusinas y los restaurantes caros eran estupendos para unas vacaciones, pero después de dos semanas de vuelta en casa, a Kelly le parecía que todo había sido un sueño.

Nada más regresar ella había vuelto a su rutina, como si no se hubiese marchado nunca. Le había gustado la escapada, pero todavía le gustaba más estar allí, en casa, con Micah. No se había quitado el collar de esmeraldas que este le había regalado y así, cuando estaba trabajando mientras Micah se quedaba a escribir en casa, tenía la sensación de que este lo acompañaba a todas partes.

Micah…

–Lo estás haciendo otra vez.

Kelly se sobresaltó y sonrió a Terry.

–Lo siento, lo siento.

–¿En qué estabas pensando? –le preguntó Terry, pero levantó una mano sin esperar su respuesta–. No importa. Conozco esa mirada.

Kelly suspiró, le dio un sorbo a su café y se acercó a donde estaba su amiga, preparando masa para hacer galletas. La cocina olía deliciosamente y estaba muy ordenada.

Kelly habló en voz baja para que no la oyesen las chicas que despachaban en el mostrador.

–Terry, yo no sabía… ¿Por qué no me habías contado lo increíble que es el sexo?

Terry se echó a reír y sacudió la cabeza. Tomó un cortador de galletas y empezó a cortar la masa.

–Has estado casada, cielo, pensé que lo sabías.

Kelly volvió a sentir que traicionaba a Sean.

–Con mi marido nunca fue así. Yo no sabía que pudiese ser tan fuerte…

–Te sientes culpable, ¿no?

–Un poco.

Mucho. No quería comparar a los dos hombres, pero era inevitable, y Micah superaba en todo a Sean.

–No lo hagas. Sean era un cielo, pero nunca fuisteis precisamente amantes.

–Yo lo quería –dijo Kelly.

–Por supuesto, pero teníais una relación cómoda, agradable, segura, nada más.

Ella se preguntó si era cierto, si solo se había casado con Sean para sentirse segura. Si este no hubiese fallecido, ¿seguirían juntos? ¿Habrían sido felices? Kelly volvió a suspirar. No tenía respuestas y, aunque las tuviese, no habrían cambiado nada.

–Él también te quería a ti –le dijo Terry–. Y habría querido que fueses feliz, Kelly. Así que, si Micah te hace feliz, ¡a por él!

–La verdad es que me hace feliz. Cada día que pasa estamos mejor juntos. Es divertido, gruñón, amable y… tiene unas manos mágicas. En California estuvimos todo el tiempo juntos y… ¡mira!

Kelly se inclinó y se sacó el collar de debajo de la camiseta para enseñárselo a su amiga.

–¡Santo cielo! –exclamó Terry–. ¿Es de verdad? Por supuesto que sí. Los tíos ricos no compran bisutería. No sabía que hubiese esmeraldas tan grandes.

Y eso deben de ser diamantes… ¡Cómo has tardado dos semanas en enseñármelo!

Kelly se echó a reír al ver la reacción de su amiga.

–Es que… me daba vergüenza. Le dije que no me lo comprara…

–Cómo no. ¿Y por qué te daba vergüenza enseñármelo?

–Porque supongo que era como alardear delante de ti…

–¿Y por qué te parece malo alardear? Si ese collar fuese mío, me lo pondría en la frente para que lo viese todo el mundo –admitió Terry.

Kelly se echó a reír, aunque en realidad se dio cuenta de que si no había enseñado el collar a su amiga también había sido por otro motivo.

Tenía la sensación de que el collar había sido la manera de Micah de decirle adiós, de dejarle claro que se iba a marchar y quería que tuviese algo que le recordase a él.

De hecho, desde que habían vuelto de California había vuelto a encerrarse un poco en sí mismo. No lo había hecho abiertamente, pero Kelly podía sentir que había puesto distancia entre ambos, y no tenía ni idea de cómo superarlo.

Era cierto que todo había empezado como una mentira para hacer sentir mejor a su abuela, pero para Kelly se había convertido en mucho más. Tal vez el karma la estuviese castigando por haber mentido. Se dijo que todavía le quedaban tres meses con Micah y que lo mejor que podía hacer era disfrutarlos.

–No me puedo quitar el collar –admitió–. Siento que mientras lo lleve puesto, Micah es mío.

–Ay, cariño, te has enamorado, ¿verdad?

–Lo amo.

Aquellas palabras la sorprendieron, no se había dado cuenta hasta entonces.

–Oh, Dios mío, amo a Micah. ¿Cómo me ha podido pasar algo así?

–Lo extraño es que no te hayas enamorado de él antes –le dijo su amiga–. ¿Tú lo has visto bien? Y, eso, sin tener en cuenta el sexo y la joya.

Kelly se echó a reír. No había querido enamorarse y sabía que a Micah la idea le horrorizaría. De hecho, seguro que salía corriendo si llegaba a imaginarse que estaba enamorada de él.

–Eso no puede ser bueno –murmuró.

–Tal vez él también esté enamorado.

–Aunque lo estuviera, jamás me lo diría.

Micah le había dejado muy claro que no quería novia ni esposa.

–Yo no pensaba que me iba a enamorar, Terry –insistió–. Iba a ser solo…

–¿Una aventura? –preguntó su amiga, sacudiendo la cabeza–. Tú no eres de las que tienen aventuras, cielo. Era evidente que ibas a acabar enamorándote.

–Podías habérmelo advertido –le recriminó Kelly.

–No me habrías escuchado –le aseguró Terry mientras metía una bandeja de galletas en el horno–.

Tal vez te estés disgustando antes de tiempo. Yo os he visto juntos y pienso que él también siente algo por ti, Kelly. Si no es amor, es algo parecido. Así que tal vez no se marche cuando llegue el momento.

–Eso quiero pensar, pero no puedo. Si pienso que se va a quedar, cuando se marche lo pasaré todavía peor.

–Podrías intentar hacer que se quedase.

–No.

Kelly tenía su orgullo. Respiró hondo, puso los hombros rectos y levantó la barbilla.

–Si tengo que hacer que se quede es que no merecc la pena.

Terry suspiró.

–Odio cuando eres tan sensata.

Kelly rio con tristeza.

–Gracias. Yo también –respondió antes de terminar su café–. Se va a marchar, y tendré que asimilarlo, pero por el momento está aquí. Ahora tengo que marcharme. Hoy Micah ha ido a la biblioteca de la universidad a buscar información…

–¿No ha oído hablar de Internet? –inquirió Terry.

–Es escritor –respondió Kelly, sonriendo con tristeza–. Le gustan los libros. El caso es que quiero llegar a casa antes que él para preparar la cena.

–Pensé que habías dicho que lo amabas.

–¡Eh!, no cocino tan mal –protestó Kelly.

–Ya, te daré unas galletas para que por lo menos tengas el postre.

–Eres la mejor.

–Eso mismo le digo yo a Jimmy –respondió Terry guiñándole un ojo.

Kelly tardó solo unos minutos en llegar a casa en su camioneta, que no dejó de hacer ruidos extraños todo el camino. Pronto tendría que cambiarla.

El coche de Micah no estaba allí, y Kelly se alegró. Necesitaba estar a solas un rato para asimilar la noticia de que estaba enamorada de él.

Sacó las bolsas de la compra del coche y entró en la cocina por la puerta trasera. Había comprado carne, patatas y ensalada, y tenía las mejores galletas del mundo. Lo colocó todo y abrió una botella de vino para que se orease. Porque necesitaba una copa de vino, o dos.

Había estado casada, había estado enamorada y, no obstante, los sentimientos que tenía por Micah eran tan fuertes que tenía la sensación de que iba a ahogarse en ellos. Y no podía contárselo. No quería que Micah le rompiese el corazón.

Miró a su alrededor, se sentía perdida. Estaba segura de que su vida no volvería a ser la misma cuando Micah se marchase de allí.

–Déjalo ya –se reprendió, golpeando la encimera de granito con ambas manos–. Te estás compadeciendo de ti misma. Lo estás echando de menos y todavía no se ha marchado. Así que basta. Date una ducha y relájate.

Fue hacia la escalera y sintió que se le revolvía el estómago otra vez. ¿Serían nervios? ¿La preocupación? Frunció el ceño.

–No te pongas enferma ahora, por favor. Ya casi es Halloween y tienes mucho que hacer –se advirtió.

Subió la escalera, atravesó el pasillo, entró en la habitación de Micah y se quedó muerta.

–¿Quién eres?

La mujer, que estaba desnuda, metida en la cama, se sobresaltó.

–Soy Misty. ¿Quién eres tú? ¿Dónde está Micah?

Capítulo Nueve

–¿Micah? –repitió Kelly aturdida.

¿Qué hacía allí desnuda?

–¿Cómo has entrado? –inquirió.

–La puerta estaba abierta –respondió Misty.

–Vístete y márchate de mi casa –le ordenó Kelly, cruzándose de brazos.

–¿Tu casa? –le preguntó la otra mujer sin moverse de donde estaba–. Micah Hunter vive aquí y no le va a gustar llegar y encontrarse contigo.

Eso era cierto, Micah llegaría en cualquier momento y Kelly no sabía si aquello era bueno o malo. ¿Cómo lo iba a saber?

–¿De qué conoces a Micah? –le preguntó.

–Es mi alma gemela –afirmó Misty en tono dramático–. Lo supe nada más leer sus libros. Ha estado esperando a que lo encuentre y no le va a gustar que nos estropees el reencuentro.

–¿El reencuentro?

–Hemos vivido varias vidas juntos –continuó Misty–. En cada reencarnación, nos buscamos hasta encontrarnos. Por fin vamos a poder estar juntos.

Kelly la miró con incredulidad. Era evidente que estaba loca y podía ser peligrosa. Y estaba desnuda.

Entonces se dio cuenta de que debía de ser una de las admiradoras de Micah. Este le había contado que lo perseguían y que lo esperaban desnudas en las habitaciones de hotel. Pensó que tenía que hacerla salir de allí.

–Llamaré a la policía si no te marchas inmediatamente.

–No voy a ir a ninguna parte hasta que vea a Micah. Él quiere verme.

Kelly se dio cuenta de que no iba a ser tan fácil deshacerse de Misty.

–¿Kelly? –llamó Micah desde el piso de abajo–. ¿Estás ahí?

–Bueno, parece que han llegado refuerzos. Tu deseo va a hacerse realidad –le dijo Kelly a la otra mujer–. Estoy arriba, Micah. ¿Podrías subir a vernos?

Su tono de voz debió de advertirle que ocurría algo, porque Micah subió la escalera corriendo y se detuvo en seco nada más entrar en la habitación.

–¿Pero qué…?

–Micah –gritó Misty, sentándose muy recta y alargando los brazos hacia él, dejando al descubierto sus descomunales pechos.

Kelly se tapó los ojos.

–No necesito ver eso.

–Yo tampoco –murmuró Micah.

–¿Quién es ella? –inquirió Misty, señalando a Kelly.

–Es mi prometida –le informó él–. ¿Quién eres tú? No, no me lo digas. No me importa.

–¿Estás prometido? –balbució Misty–. ¿Con esa?

–Eh, que al menos mis pechos son de verdad –le contestó Kelly.

–Eso es –intervino Micah–. Levántate de ahí, seas quien seas…

–Pero… te amo.

–No, no me amas –la corrigió él.

A Kelly le ardió el estómago. Misty estaba loca, pero la reacción de Micah cuando le había dicho que lo amaba había sido muy fría, probablemente, la misma que si ella le decía lo que sentía.

–Eres malo.

–Muy malo. Si no te marchas de aquí ahora mismo, llamaré a la policía.

–Pero…

Misty empezó a vestirse apresuradamente.

–Solo quería decirte lo que siento. Que te amo.

–Ni siquiera me conoces –replicó él.

Luego esperó a que terminase de vestirse y la agarró del brazo para acompañarla hasta la puerta.

Kelly se dedicó a cambiar las sábanas para intentar recuperar la normalidad.

Cuando Micah volvió a la habitación, era evidente que estaba furioso.

–No es culpa tuya –le dijo ella.

–Es el motivo por el que no me quedo mucho tiempo en el mismo sitio –le respondió él–. Y si esta me ha encontrado es porque alguien ha hecho público dónde estoy. Vendrán más, así que no puedo quedarme, Kelly.

Ella sintió pánico al oír aquello.

–Pero… si todavía no has terminado el libro.

–Lo terminaré en otra parte.

Lo estaba perdiendo. Lo tenía delante, pero era como si ya no estuviese allí.

–¿Te vas a marchar solo por culpa de una loca?

Él suspiró y la miró a los ojos.

–No solo por ella. Lo nuestro… se ha complicado y pienso que todo será más sencillo si me marcho cuanto antes.

–¿Más sencillo? ¿Para quién?

–Para ambos. Es mejor pararlo ahora, antes de que se complique más.

Pero Kelly quería aquellos tres meses que les quedaban. Quería que Micah estuviese allí cuando nevase, y en Navidad. Y Año Nuevo. Siempre.

–Micah…

Cualquier cosa que dijese en ese momento sería como rogarle que no se marchase, y no lo podía hacer. Tampoco podía decirle que lo amaba. No la creería, como a Misty, o si la creía sentiría lástima por ella, reacción que Kelly tampoco podría soportar.

–Es lo mejor, Kelly –insistió Micah sin dejar de mirarla a los ojos.

–Solo faltan un par de días para Halloween. Me quedaré hasta entonces, ¿de acuerdo? Quiero ver disfrutar a los niños.

Un par de días. Eso era lo único que les quedaba. Kelly se dijo que los aceptaría sin más. Y después le dejaría marchar.

–Me parece bien –le respondió, esbozando una sonrisa–. ¿Adónde vas a ir?

–No lo sé –admitió él, metiéndose las manos en los bolsillos–. Hay un hotel en Hawái que me gusta mucho, podría pasar allí un par de meses.

–Hawái.

No podía estar más lejos de Utah.

Micah alargó una mano para tocarla, pero la bajó antes de hacerlo.

–Es lo mejor, Kelly.

–Probablemente –dijo ella–. No te preocupes por mí, Micah. Estaba bien antes de que llegases y estaré bien cuando te marches. Voy a poner una lavadora con las sábanas.

Kelly supo que la miraba mientras salía de la habitación, así que no volvió la cabeza. No habría podido soportarlo.

La mañana de Halloween, Kelly encendió el CD y las luces de la casa encantada, sacó los caramelos y lo preparó todo para cuando llegasen los niños.

Llevaba días con el estómago revuelto. No estaba peor, pero tampoco mejor. Por eso fue a la farmacia, pero no a la de Banner, sino a la de otro pueblo. No quería que todo el mundo hablase de si estaba embarazada o no incluso antes de que ella lo averiguase.

Micah estaba en el despacho, trabajando. Casi no había hecho otra cosa desde que Misty había irrumpido en sus vidas.

Esos últimos días Kelly solo lo había visto por las noches, en la cama, donde a pesar de todo habían seguido manteniendo una relación muy fogosa.

Se miró al espejo del cuarto de baño y se dio cuenta de que tenía la mirada apagada. Estaba más pálida de lo habitual, se le notaban más las pecas. Se llevó la mano al collar que Micah le había regalado.

Oyó el pitido que le indicaba que ya habían pasado los tres minutos. ¿Sería posible? ¿Estaría embarazada? Respiró hondo y tomó la prueba de embarazo sin estar segura de lo que quería.

–Un signo más. Eso significa que estás embarazada.

Se echó a reír. De repente, se dio cuenta de lo que sentía al respecto. Sonrió a su reflejo. Todas sus dudas y preocupaciones desaparecieron. Solo sintió felicidad.

–No tienes la gripe. Tienes un bebé, de Micah.

No podía dejar de sonreír. Aquello era... increíble. Lo más increíble que le había pasado en toda la vida. Cuando Sean había fallecido, había pensado que jamás volvería a casarse y que, por lo tanto, no tendría nunca hijos. Y aquello le había resultado muy doloroso.

Y entonces había llegado Micah a su vida y la había hecho soñar y sentir desde el primer beso. Micah se iba a marchar, pero le dejaría un regalo maravilloso. Para siempre. Ya no estaría sola nunca más. Tendría a su hijo y los recuerdos del hombre que le había dado a aquel niño.

–Tengo que contárselo –se dijo en voz alta, decidida–. Esta noche, cuando Halloween haya terminado. Se lo contaré y, después, lo dejaré marchar.

El día estuvo lleno de ruido, risas, gritos y un interminable reguero de niños.

Era la primera vez que Micah celebraba Halloween y Kelly se había disfrazado de granjera, con un peto y botas, el pelo recogido en dos trenzas y el collar de esmeraldas sobresaliendo por el cuello de la camisa. Micah se colocó en el porche y estuvo dando caramelos a los niños que atravesaban la casa encantada mientras Kelly acompañaba a los más pequeños.

No pudo evitar preguntarse qué pensarían los vecinos de Banner cuando se enterasen de que se había marchado al día siguiente, supuestamente, abandonando a Kelly. En realidad, le daba igual.

Miró a su alrededor y supo que lo mejor era marcharse cuanto antes. Aquella no era su casa, estaría mejor en un hotel. Estaba repartiendo caramelos, había vaciado calabazas, y tantos cambios no podían ser buenos.

Había cambiado incluso el tono del libro que estaba escribiendo, como si Kelly también hubiese invadido su mundo ficticio. Su heroína era más fuerte, sexy y divertida que nunca. Y volvía loco al protagonista, como hacía Kelly con él.

–¡Micah! –lo llamo Jacob, tirando de su manga y

haciéndolo volver a la realidad–. ¿Te he dado miedo porque voy de león?

–Mucho miedo –le respondió él–. Pareces de verdad.

–Sé rugir.

–Te creo.

–¿Quieres venir a ver mi calabaza iluminada? –preguntó el pequeño, sonriendo.

–Más tarde –le dijo él.

Y entonces se preguntó cómo estaría el niño al año siguiente, y al siguiente. Crecería en aquel pueblo, jugaría al fútbol, se enamoraría, se casaría y el círculo volvería a empezar, pero él no estaría allí para verlo. Y Jacob pronto se olvidaría de él.

–Ve a buscar a tus hermanos, Jacob, y pásalo bien.

–¡Adiós!

Al ver marchar a Jacob, Micah miró a su alrededor y se dio cuenta de que aquel no era su lugar. Él no formaba parte del pueblo, por mucho que lo fingiese, y lo prefería así. Tenía suerte de poder marchase a Hawái de un día para otro. Tenía mucha suerte de poder vivir como quisiera, sin darle explicaciones a nadie. Le gustaba su vida tal y como era y había llegado el momento de volver a ella.

Habían pasado unos minutos cuando vio que los padres de Jacob ser acercaban a Kelly muy nerviosos. Había ocurrido algo. Micah dejó el cuenco con los caramelos y bajó la escalera del porche.

Kelly lo miró con preocupación:

–No encuentran a Jacob.

–Estaba aquí hace un momento.

Nora, la madre del niño, negó con la cabeza.

–Jonas lo ha visto ir corriendo hacia el bosque, detrás de un ciervo.

–Tú quédate aquí, Nora, por si vuelve él solo –le dijo su marido–. Los demás nos dividiremos y llamaremos cuando alguien lo encuentre.

Kelly sacó su teléfono móvil, encendió la linterna y miró a Micah.

–Solo tiene tres años.

Este salió corriendo hacia el bosque, con un nudo en el estómago.

–Lo encontraremos.

El bosque estaba muy oscuro y la vegetación era espesa. Micah pensó que era el escenario perfecto para un asesinato, pero un mal lugar para un niño solo, perdido. Avanzaron rápidamente, moviendo las linternas en la oscuridad.

Kelly tropezó más de una vez mientras llamaba a Jacob a gritos, sin obtener repuesta.

Micah se sintió mal por no haberlo acompañado a buscar a sus hermanos.

–¿Dónde está? –murmuró Kelly.

–¿Escondido? ¿Persiguiendo al ciervo? –comentó Micah–. ¿Quién sabe?

A lo lejos se oía gritar a otras personas y se veía el destello de las luces. Micah no podía entender que Jacob no respondiese. Entonces creyó oír algo e hizo que Kelly dejase de andar.

–Escucha. Otra vez –le dijo–. Por allí.

–¿Jacob? –gritó Micah.

Y entonces oyeron al niño responder:

–Estoy perdido.

–Gracias a Dios –dijo Kelly, echando a correr detrás de él.

Unos segundos después lo habían encontrado, asustado, con la zapatilla atrapada por la rama de un árbol.

–Se ha ido el ciervo –les explicó el niño.

A Micah se le encogió el corazón.

–El ciervo da igual. ¿Tú estás bien? ¿Te has hecho daño?

–No –respondió él–, pero no puedo sacar el pie. Y tengo frío. Se me han caído los caramelos.

Kelly apunto al suelo con la linterna y empezó a recoger caramelos.

–Ya está –le dijo Micah al niño–. Kelly va a recoger los caramelos. Kelly, llama al padre y dile que está bien.

–Ya estoy marcando –respondió ella.

–¿Me van a castigar? –preguntó Jacob preocupado.

Micah le ayudó a sacar el pie y lo tomó en brazos.

–No creo. Tus padres se van a poner muy contentos cuando te vean.

–Bien, porque tengo que ir a pedir más caramelos –dijo el niño, abrazándolo por el cuello–. Y después tienes que venir a ver mi calabaza.

Kelly se echó a reír. Micah la miró y sonrió. Los niños podían con todo, eran mucho más valientes que los adultos. Respiró hondo. Se dio cuenta de que se había encariñado demasiado. Con el pueblo y también con Kelly. E incluso con aquel niño.

Dejaron las sombras para volver a la luz y Micah supo que se había quedado allí demasiado tiempo. Tenía que marcharse. Mientras pudiese.

Una parte de ella quería hacer lo que Micah esperaba de ella: llorar y pedirle que se quedase, pero eso no serviría de nada.

No iba a decirle que lo amaba. Él tenía que saberlo ya y, si no lo sabía, era porque no quería saberlo. Así que Kelly se guardaría sus sentimientos y actuaría de manera racional.

Por mucho que le doliese el corazón.

–He pedido ya el avión –le dijo Micah mientras metía la ropa en su enorme bolsa de viaje negra. Los trajes estaban guardados en otra maleta encima de la cama.

–Así que llegarás a Hawái esta misma noche.

–O mañana temprano, sí –respondió él mientras cerraba la cremallera–. Sé que te había dicho que iba a marcharme mañana, pero no tengo ningún motivo para quedarme más tiempo y pienso que va a ser más fácil así.

Kelly pensó que lo superaría.

–¿Lo tienes todo?

Micah miró a su alrededor.

–Sí. Kelly…

Ella no quiso oír que lo sentía, así que lo interrumpió.

–Antes de que te marches, tengo que enseñarte algo.

–¿El qué?

Kelly respiró hondo, se sacó la prueba de embarazo del bolsillo y se la tendió. Él la miró, confundido.

–Es... –empezó, mirándola a los ojos–. ¿Estás embarazada?

–Sí. Pensé que estaba enferma, pero no.

–Hemos utilizado protección.

–Pues al parecer el látex ya no es lo que era.

Era difícil sonreír en aquella situación, pero Kelly sonrió. Era difícil estar animada, pero iba a hacerlo.

–He pensado que tenías derecho a saberlo.

–¿Desde cuándo lo sabes tú?

–Desde esta mañana.

–¿Y has esperado a que tenga las maletas hechas para decírmelo?

–No sabía que ibas a marcharte esta noche. Lo has hecho a propósito.

–¿Qué quieres decir?

–Venga ya, Micah –le dijo ella, sintiendo que cada vez le era más difícil comportarse de manera racional–. Pretendías sorprenderme y que no me diese tiempo a rogarte que no te fueras.

Él se puso tenso.

–Eso no es...

–Relájate. No voy a pedirte que te quedes, Micah. Márchate. Sé que tienes que marcharte o que, al menos, eso es lo que piensas, que al fin y al cabo viene a ser lo mismo. Así que márchate, no pasa nada.

–Estás embarazada –le recordó él.

Kelly apoyó ambas manos en su vientre y, por primera vez aquella noche, sonrió de verdad.

–Y lo estaré, te quedes o te marches. Estoy feliz. Este bebé es un regalo, Micah. El mejor regalo que podías haberme hecho.

–Un regalo –repitió él, sacudiendo la cabeza y andando de un lado a otro de la habitación–. Feliz. Dios mío, tú y este lugar…

–¿Qué quieres decir? –le preguntó Kelly confundida.

Él se pasó la mano por el pelo.

–Ni siquiera lo entiendes, ¿verdad? –murmuró Micah–. Yo me decía hace un rato que este no era mi lugar y sé el motivo, pero tú no lo entiendes.

–No me gusta que me hablen con condescendencia –replicó ella–. Si tienes algo que decir, dilo.

–Estás embarazada y estás feliz, aunque yo me marche y te deje sola.

–¿Y eso es malo?

–Vives rodeadas de niños y perros –continuó él, echándose a reír–. Te dedicas a pintar escaparates, a vaciar calabazas. Tienes vecinas entrometidas, ciervos en el jardín y fantasmas colgados del árbol. Nada de eso tiene que ver con el mundo real, con mi mundo.

Kelly se dio cuenta de que se sentía frustrado y enfadado, pero le dio igual.

–¿Y qué mundo es ese, Micah? Vamos, continúa. Dime que no sé nada del mundo real.

Él rio con amargura. Tiró la prueba de embarazo encima de la cama y se acercó a ella.

–¿Quieres mundo real? Crecí en casas de acogida, mi madre me abandonó cuando tenía seis años y no tuve amigos hasta que conocí a Sam en la marina porque nunca viví en el mismo lugar el tiempo suficiente para crear vínculos.

La miró fijamente a los ojos.

–Mi mundo es duro, cruel, y no sé cómo vivir en un lugar en el que todo parece ser color de rosa.

Respiraba rápido, le brillaban los ojos, pero no tenía nada que ver con Kelly.

Ella se sintió furiosa.

–¿Color de rosa? –inquirió, clavándole el dedo índice en el pecho–. ¿Piensas que vivo en un mundo ideal? ¿Que mi vida es perfecta? Mis padres se murieron cuando yo era pequeña y me vine a vivir aquí con doce años. Falleció mi abuelo y después, mi marido. Y la vida del marido de mi mejor amiga corre peligro todos los días.

Micah se pasó una mano por la cara.

–Mira, Kelly…

–No he terminado –lo interrumpió ella, fulminándolo con la mirada–. La vida es así, Micah. En todas partes mueren personas, se pierden en el bosque niños de tres años y hay hombres que solo saben huir.

–Kelly, no he pensado antes de hablar –dijo él.

Pero aquello no hizo que menguase su enfado.

Se alegró de no haberle dicho que lo amaba, porque habría sido todavía peor.

–Las desgracias ocurren, Micah, pero hay que seguir viviendo.

–También puedes marcharte –le contestó él–. Yo no sé cómo hacer esto, Kelly. Tú. Este pueblo. Un bebé. Hazme caso cuando te digo que no soy el hombre que piensas que soy.

–No eres el hombre que crees ser –lo corrigió ella.

Él dejó escapar una carcajada y sacudió la cabeza.

–Sigues sorprendiéndome.

Se acercó a la cama, tomó las maletas y la miró de nuevo:

–Si necesitas algo, para ti o para el bebé, llámame. Tienes mi número.

–Lo tengo, sí, pero no voy a necesitar nada, Micah. No quiero nada de ti.

Solo lo quería a él, pero sabía que no podía tenerlo. Sintió que se le rompía el corazón. Lo tenía tan cerca que podía tocarlo, pero no era capaz de llegar a él.

–Adiós, Kelly –le dijo, pasando por su lado.

Lo oyó bajar la escalera. Oyó la puerta abrirse y cerrarse. Se había marchado.

Kelly se dejó caer en la cama, miró a su alrededor, todo estaba vacío, y escuchó el silencio.

Capítulo Diez

A la tarde siguiente Kelly había recogido casi toda la decoración de Halloween, actividad que siempre la había deprimido, pero aquel día se sentía más triste que nunca.

–Todavía no puedo creerme que se haya marchado, sabiendo que estás embarazada.

Kelly suspiró. Se lo había contado todo a su mejor amiga.

–Iba a marcharse de todos modos, ¿recuerdas?

–Sí, pero un embarazo lo cambia todo.

–No.

–Además, tampoco me puedo creer que te hayas quedado embarazada antes que yo.

–Si se hubiese quedado solo porque estoy embarazada, antes o después la convivencia habría ido mal y se habría marchado. Es lo mejor. No es estupendo, pero es lo mejor.

–Eso lo entiendo.

El teléfono sonó, Kelly miró la pantalla y vio que era su abuela. No tenía ganas de darle la noticia, pero pensó que debía hacerlo. Entró con Kerry a casa mientras respondía:

–Hola, abuela.

–Cariño, he encontrado el vestido de novia más bonito del mundo, es perfecto para ti y…

Ella se sentó a la mesa de la cocina.

–Abuela, espera –la interrumpió–. Tengo algo que contarte.

–¿Qué es, cariño? Espera, que está aquí Linda, voy a poner el altavoz.

Kelly suspiró.

–La buena noticia es que… ¡estoy embarazada!

Terry frunció el ceño al oírla, pero las dos ancianas exclamaron encantadas.

–Y la mala noticia es que Micah y yo hemos roto –añadió.

–¿Qué? –gritaron las dos mujeres al otro lado del teléfono.

Terry preparó té y dejó unas galletas encima de la mesa mientras Kelly le aseguraba a su abuela que todo iría bien.

Después de colgar pensó que no estaba sola, tenía a su familia. Al único que no tenía era a Micah.

Y eso iba a dolerle durante mucho tiempo.

Micah se pasó una semana encerrado en su suite. No pudo trabajar ni dormir, tampoco tenía apetito. Sobrevivió a base de café y sándwiches del servicio de habitaciones. Estaba furioso y no sabía por qué, si había sido él el que se había marchado.

La segunda semana fue parecida, pero la ira se convirtió en preocupación. No podía evitar preguntarse si Kelly y el bebé estarían bien, aunque no hubiese querido implicarse en la situación.

No estaba acostumbrado a aquello. Siempre pasaba página y no volvía nunca hacia atrás. No echaba de menos a nadie, ¿por qué, todas las mañanas, alargaba la mano hacia Kelly en su cama vacía?

–¿Es usted Kelly Flynn? Vengo a traerle la camioneta.

–¿El qué? –preguntó ella, mirando hacia la calle, donde detrás de su camioneta había otra completamente nueva–. Debe de ser un error.

–No hay ningún error, señora –respondió el hombre, enseñándole el albarán con su nombre y dirección.

Así que no había ningún error. Debía de haberla comprado Micah.

Se había marchado dos semanas antes y habían sido las dos semanas más largas de su vida. Y, de repente, volvía a aparecer, aunque fuese en forma de camioneta. A Kelly se le llenaron los ojos de lágrimas.

–¿Señora? ¿Puede firmar para que me marche?

Kelly firmó, el hombre se marchó y ella se acercó a pasar la mano por la chapa roja, brillante. Los asientos eran de cuero y en el interior todo eran extras. Rio con tristeza y, llevándose la mano al collar de esmeraldas, se preguntó dónde estaría y si la echaría de menos tanto como ella a él.

***

Micah odiaba el hotel. Se sentía enjaulado. La suite del ático era enorme, pero daba igual.

Hacía tres semanas que se había marchado de casa de Kelly y la ira, la preocupación y la indignación se habían convertido en culpabilidad.

–No te necesita –se dijo–. Ni tu a ella. Tanto mejor para los dos.

Estaba embarazada de él, pero le había dicho que no necesitaba su ayuda. Micah no lo podía entender. ¿No le importaba nada?

Tomó el teléfono y llamó a Sam.

–Hola, Micah, ¿qué ocurre?

No había hablado con su amigo desde que se había marchado de Utah.

–Kelly está embarazada –le contó sin más.

–Eso es estupendo, tío. Enhorabuena.

–Gracias, supongo. Kelly me lo dijo la noche que me marché.

–¿Te has marchado? ¿Se puede saber dónde estás?

–En Hawái.

Que de paraíso no tenía nada, hacía demasiado sol y la gente se mostraba demasiado alegre.

–¿Por qué?

–Porque había llegado el momento de marcharse –le respondió él–. No podía quedarme. La situación estaba empezando a ser demasiado…

–¿Real?

Micah frunció el ceño.

–¿Qué quieres decir?

–Quiero decir que nunca habías llevado una vida normal. Nunca habías tenido una novia de verdad. Kelly sí que es real, y eso te ha asustado, amigo.

–No estaba asustado –replicó él.

–Por supuesto que sí. Todos los hombres sentimos miedo cuando conocemos a una mujer que nos importa de verdad.

–Yo no he dicho nada de eso…

–No hace falta, Micah. Te conozco lo suficiente.

Micah se preguntó si de verdad se había marchado porque Kelly le importaba, porque había tenido miedo.

–Mira, no te he llamado para que me des consejos –le dijo a Sam–. Solo quería que supieras dónde estoy.

–Estupendo, pero los consejos te los voy a dar de todos modos. Hazte un favor y vuelve con Kelly.

Micah miró a su alrededor, odiaba aquella habitación porque no era la casa de estilo victoriano y porque Kelly no estaba allí.

–¿Cómo voy a hacer eso? Además, no sé nada de la paternidad…

–Al menos sabes qué es lo que no tienes que hacer. No debes estar separado de tu hijo. Tú creciste sin padre, ¿es eso lo que quieres para tu bebé?

–Estas cosas no se me dan bien, Sam.

–No se le dan bien a nadie, Micah. Se va aprendiendo sobre la marcha.

–Vaya, eso sí que me reconforta.

–Soluciónalo, Micah. No seas idiota –le dijo su amigo antes de colgar.

Nevó por primera vez dos días después, pero no cuajó y Kelly no tuvo que salir a limpiar caminos. Así que se quedó en la casa grande, disfrutando de la chimenea.

Con una taza de té, un libro y el fuego, el escenario era perfecto. O lo habría sido si Micah hubiese estado allí.

La puerta principal se abrió de repente y Kelly se sobresaltó. Corrió hacia la entrada y allí se quedó, inmóvil al ver a Micah, con los hombros salpicados de nieve y un petate al hombro.

–Deberías cerrar la puerta con llave, Kelly –la reprendió este–. Podría entrar cualquiera.

Ella se echó a reír y sintió ganas de lanzarse a sus brazos, pero el orgullo se lo impidió.

–Acaba de hacerlo.

–Muy graciosa –le dijo él, agarrándola del codo para llevarla al salón.

–¿Qué haces aquí, Micah? –preguntó ella, zafándose–. ¿A qué has venido?

Él la recorrió con la mirada.

–Pensé que estaba haciendo lo correcto –respondió.

–¿Al marcharte?

–Sí –afirmó él–. Kelly, no sé cómo hacer esto. Nunca había conocido a alguien como tú. Me vuelves loco. Me haces sentir y desear cosas que no había sentido ni deseado antes.

–Gracias.

Micah se echó a reír y sacudió la cabeza.

–¿Ves? Me sorprendes siempre, Kelly. Y eso me gusta.

–¿De verdad?

–Mucho. Las tres últimas semanas he estado tan aburrido que pensé que iba a volverme loco. He odiado el hotel, aunque ya lo conocía. He odiado que hubiese tanto ruido, ¿sabes?

–¿Qué quieres decir, Micah?

–Quiero decir... que solo podía pensar en ti. Y en el bebé. En este lugar, pero, sobre todo, en ti.

Kelly no pudo evitar ponerse a llorar. Ni siquiera lo intentó.

–Me amas –le dijo él, señalándola con un dedo.

–¿Sí?

–Por supuesto. En una mujer como tú... eso se nota, pero no entiendo por qué no me lo dijiste. ¿Por qué no me pediste que me quedara?

–Porque no es mi estilo.

–No –dijo él, pensativo–. Me dejaste marchar sabiendo que sería infeliz sin ti. No me dijiste que me querías para que yo no le diese vueltas. Ni me dijiste que yo te quería a ti porque preferías que lo averiguase yo solo.

–¿Y? ¿Lo has averiguado tú solo? –le preguntó ella, conteniendo el aliento.

–Aquí estoy, ¿no? –respondió Micah antes de abrazarla–. Te amo, Kelly. No sabía que pudiese amar, pero tal vez fuese porque todavía no te había encontrado.

–Oh, Micah… –murmuró ella, apoyando la cabeza en su pecho y escuchando los latidos de su corazón–. Yo también te amo.

–Lo sé.

Kelly se echó a reír y levantó el rostro para mirarlo.

–Te veo muy seguro de ti mismo.

–Ahora lo estoy. Y también de esto. Te vas a casar conmigo de verdad. Es la única solución posible. Tengo que estar aquí, en esta enorme casa, contigo. Tengo que estar contigo en Navidad. Y ayudarte a llegar a alcaldesa. Y, al año que viene, Jacob y yo te ayudaremos a plantar las calabazas. Quiero conocer a Jimmy, seguro que podemos hacernos amigos.

–Tengo que darte un punto por todo eso.

Él sonrió.

–Olvídate de los puntos. Dime que sí y ganaremos los dos.

Kelly se echó a reír.

–Por supuesto que sí.

–Bien. Arreglado. Por cierto, ¿te gustó la camioneta?

–Me encantó, estás loco.

–Sí, tú te dedicas a limpiar la nieve de los caminos, pero el loco soy yo –le dijo–. No tenía que haberme marchado, Kelly, pero quiero estar aquí, contigo, con nuestros hijos…

–¿Hijos? ¿En plural?

–Es una casa muy grande. Haremos lo posible por llenarla, ¿no?

Aquello era lo que Kelly siempre había querido y más.

–Te amo tanto, Micah. Me alegro de que hayas vuelto a casa.

Él tomó su rostro con ambas manos y le dio un beso.

–Mi casa estará donde tú estés. Por primera vez en mi vida, estoy enamorado. Y no quiero perder eso jamás.

–No lo perderás –le prometió ella–. No lo perderemos.

Él suspiró.

–Por supuesto. Y ahora, la segunda parte de mi brillante plan.

–¿Tenías un plan?

–Por supuesto. ¿Qué te parece si alquilo un avión y mañana vamos a Florida a recoger a tu abuela y a tu tía, y después vamos todos a pasar una semana a Nueva York? Yo pienso que el Ritz-Carlton les gustaría.

–¿Qué?

–Nunca he tenido familia. Me gustaría conocerlas, y presentarles a Sam, a Jenny y a los niños, porque para mí son como familia. Y, ya que estamos allí, tu abuela puede ayudarte a elegir el anillo del que habíamos hablado.

–¡Micah! –exclamó ella, abrazándolo por el cuello y dándole un beso–, pero es mejor que las llamemos antes.

–¿Por qué?

–Porque les conté que habíamos roto.

–Te amo, Kelly Flynn.

–Y yo a ti, Micah Hunter –le respondió en un susurro–. Bienvenido a casa.